琦君文集

文与情

著作财产权人@三民书局股份有限公司

本著作中文简体字版由三民书局股份有限公司许可上海九久读书人文化实业有限公司在中国大陆地区发行、散布与销售。

版权所有,未经著作财产权人书面许可,禁止对本著作之任何部分以电子、机械、影印、录音或任何其他方式复制、转载或散播。

琦君文集

文与情

琦君 著

人民文学出版社
PEOPLE'S LITERATURE PUBLISHING HOUSE

著作权合同登记号　图字 01-2020-3599

图书在版编目(CIP)数据

文与情/琦君著.—北京:人民文学出版社,2021
(琦君文集)
ISBN 978-7-02-016793-7

Ⅰ.①文… Ⅱ.①琦… Ⅲ.①杂文集-中国-当代 Ⅳ.①I267.1

中国版本图书馆 CIP 数据核字(2020)第 252076 号

责任编辑　卜艳冰　陶媛媛
装帧设计　汪佳诗

出版发行　人民文学出版社
社　　址　北京市朝内大街 166 号
邮政编码　100705

印　　制　上海盛通时代印刷有限公司
经　　销　全国新华书店等

字　　数　102 千字
开　　本　889 毫米×1194 毫米　1/32
印　　张　5.25
版　　次　2021 年 5 月北京第 1 版
印　　次　2021 年 5 月第 1 次印刷

书　　号　978-7-02-016793-7
定　　价　59.00 元

如有印装质量问题,请与本社图书销售中心调换。电话:010-65233595

小　序

1966年，外子与振强先生订交之初，就承他为我出版散文小说合集《忧愁风雨》。1969年，又继续出版我的散文集《红纱灯》。嗣后，他又为"沧海丛刊"向我索稿，出版《读书与生活》。

由于《红纱灯》一书幸获各方奖誉，愈益增加了我对散文创作的兴趣。二十多年来，无论在台湾或旅居海外，笔耕未敢策懈，因此有了些微成绩，也使我十二分感激振强先生自始不忘对我的频频约稿。

客岁，与外子返台，他在百忙中陪我们游览，摄影留念，畅叙平生。又带我们参观他的三民书局，见其规模之宏大，出版书籍方面之广，益发钦佩他对文化事业所投注心血之多。他告诉我们，将对文学类的"三民文库"予以整理，以崭新面貌重新出版。足见他于致力大专教材与辞典编订之外，对文学书籍之出版，未始不时时在心。

今春他来美探亲，自西岸打来电话，问我有无作品交他出版。感于他的一片诚意，乃将年来所写散文与短篇小说合为一集，以回报他的美意。

本书的出版，可说是我们将近三十年宝贵友谊的纪念。

1990年7月31日于新泽西

目　录

小　序......001

散文卷

文学的生活情趣......003
相爱容易相属难......008
夕阳无限好......011
代　沟......013
双双一起老......016
《思乡曲》与《慈母颂》......018
死生亦大矣......023
异乡心情......026
意在言外......029
也谈"性"字......032
诙谐中的练达......035
天下一家......038
读《尘缘》有感......042
盲女柯芬妮......045
传神·传情·传真......048

关心芳草浅深难 053
文与情 056
囊中一卷放翁诗 059
一棵坚韧的马兰草 082

小说卷

哥哥与我 103
做　媒 112
贝贝与蚂蚁 118
老伴·老拌 129
十分好月 135
母与女 145

散文卷

文学的生活情趣

生活在这个多元化、节奏快速的现代社会，生活层面愈广阔，物质享受愈富裕，而身不由己的忙碌、疲惫反使人感到精神空间的愈趋狭窄、人际关系的日益疏离，家庭气氛亦偶失和谐。这也许就是叔本华所谓"愁苦是人类的本分"吧！如何驱除这份"愁苦"？如何提升心灵境界，充实人生？无上良方之一，应该是文学情趣的培养吧！

孔子说："行有余力，则以学文。"① 并非以文学为次要，而是晓谕我们，文学与进德修业并行不悖，且可以相辅相成。在欣赏文学的修养过程中，深深领悟修身之道。不然的话，何以孔子弟子说"子以四教：文，行，忠，信"②，又将文学摆在第一位呢？孔子的文学课本是《诗经》，他赞叹《诗经》

---

① 出自《论语·学而》。
② 出自《论语·述而》。

"可以兴,可以观,可以群,可以怨……"可说是一部历史的、文学的、哲学的、政治的、心理学的、社会教育的综合教材。夫子"皆弦歌之"①,借音乐以推广教化,且将三百篇归纳出一个宗旨,就是"思无邪"。②

在今日自由开放的社会风气之下,中国传统精神的"思无邪"三个字,尤值得我们反复深思。

由此看来,文学不是风花雪月、罗曼蒂克的代名词,更不是供茶余酒后消遣的。文学有其深厚而严肃的含义,也是形成文化的要素之一。西方的古希腊文学几乎与文化是二而一的。中国文学自诗骚史传唐宋诗篇以下,直至现代文学的诸般面貌,正是一脉相承的文化传统之发扬光大。

生于文化遗产丰富、出版物发达的今日,实在是现代人之福,因为读书是最最简便的一件事,只要识字,便能读书;只要肯挤出一点时间,就可开卷有益。书是古今中外的作家对人生世事剀切体认的诚恳记载,引导你开拓胸襟,增长智慧。文学书籍则助你抒发情感,陶冶性灵。书带领我们上接古人,远交海外,绝不至有访友不遇或话不投缘的遗憾。书是家庭中父母子女共同的良伴,也是良朋相知、相契的桥梁。

伟大的文学著作尤其能启发人类温厚的同情心,进而谋求促进整个社会国家的福祉。例如印度的奈都夫人③唤醒民

---

① 出自《史记·孔子世家》。
② 出自《论语·为政》。
③ 印度社会活动家,女诗人,积极参加印度民族独立运动。

族意识的爱国诗篇，赋予了甘地和平革命的政治灵感。美国的斯托夫人①所著《汤姆叔叔的小屋》感动了林肯总统，乃有解放黑奴的南北战争。英国小说家毛姆说："写作当从生活着眼，从人性出发。"真是一句踏实的名言。

笔者当年服务法律界时，深受一位公正仁慈的刑事庭庭长感动。他的案头除了法律与卷宗，更有《论语》《孟子》以及诗词与当代散文小品等。于制作判词前后，常专心阅读数篇。他说："文学的一份美与善，常使我有勇气面对种种罪恶，也更能设身处地同情触犯刑章之人。"看来他默读文学作品的功效不亚于信徒的虔诚祈祷。

记得有一本科学著作《海的故事》，作者在每章之首都写了极饶妙趣的两句诗。具有高度文学修养的译者曾对我说，如不是每章的两句诗引人入胜，他不会有耐心译完这本对他而言完全外行的书。

培根是政治家与哲学家，而世人更喜爱的反倒是他的散文集。

这些事例，充分证明了文学的感人力量。

我们对文学的欣赏，自然地包含两个层次。当一篇作品的美妙文辞、铿锵节奏与真挚内容使读者击节赞赏时，这是感性经验与作品之共鸣，是第一层次的感情效果。由于这份共鸣，立刻领悟到深一层的道德含义，这是第二层次的理念效果。凡是上乘的文学作品，必能同时引起读者感性的共鸣与理性的领悟，这是文学的美与善及真的一致。举一个浅显

---

① 美国小说家，废奴作家之一。

的例子，读林觉民烈士的《与妻诀别书》，谁能不引发满腔爱国情怀？读朱自清的《背影》，谁能不体会到慈父之爱？正如旧时代人说的：读《出师表》不流泪者不忠，读《陈情表》不流泪者不孝。① 流泪是感性的，忠与孝、对国家民族与对慈父之爱是理性的体认。这四篇文章都何曾炫耀技巧？只是由于至情动于中而形于外，技巧自见。

中国传统文学并不重视技法而于自然中见技法，尤见其深湛的道德情操。西风东渐后的现代，文学理论家往往过分强调技巧而忽视内容的道德意义，称之为"为艺术而艺术"②而非"为道德而艺术"，其流弊岂止是以辞害意或以艰深文浅陋？甚至借文学外衣，以逞其描绘秽亵色情之实，而美其名曰"刻画人性的写实"。其危害青年身心、败坏社会风气莫此为甚，实令人深以为忧。从事文学写作者固不是道德家、教育家，但文学之深入人心、对社会的潜移默化之功是不可忽视的，这是我个人不变的主张。

一位文学欣赏者当不断充实学识，开拓胸襟，培养正确的文学观与识辨力，以期于真正优良的文学作品中获得启迪，享受人生幸福。

先师曾对我诲谕云："不一定是诗人，却必须培养一颗诗心。不一定是宗教信徒，却必须怀抱一颗虔敬的心。"文学的欣赏或创作，正是诗心的培养与虔诚心的表现。

---

① 此句出自宋代赵与时《宾退录》。
② 这句口号也被视为对康德与席勒美学的粗浅概述，成为19世纪法国文学重要潮流。

要提升生活品质,培养文学情趣,必须普遍地树立社会的读书风气。"有钱无酒不精神",是物质生活的追求;"有酒无书俗了人"[①],才是面对言语无味、面目可憎者的叹息。

---

① 此二句化用宋代卢钺《雪梅》诗:"有梅无雪不精神,有雪无诗俗了人。"

相爱容易相属难

近读简宛①《相爱、相属》一文，感触至深。古往今来，关于婚姻的话原是说不完的。作者再三强调的也是夫妻之间要相互尊重、体贴、依赖与容忍。这些道理听来是老生常谈，做来却不容易。听到这样恳切的劝谕，都当仔细省思。我是从旧时代过渡到新时代的人，在我的朋辈中，凡是婚姻美满、白首偕老、能做到上述诸般德性的，多半是为妻的一方。而在今日女性主义伸张的时代，这些德性却又落伍了。这是否就是离婚率日益升高的原因？

简宛说："婚姻生活，如逆水行舟，不进则退。"一点不错。我觉得哪怕是几十年的夫妻，每天仍在辛苦挣扎，每天都在与逆水搏斗。但这样的挣扎与搏斗原应当夫妻同心一德才行。若一方视为无足轻重，即使没有覆舟的危险，至少也

---

① 台湾地区散文家，作品有《地上的云》《奇妙的紫贝壳》等。

将趋于貌合神离。

因此相爱与相属看似二而一，但其实是相爱容易相属难。因为相爱是情，相属是义。情是动荡的，义是恒久的。夫妻的结合是由于情深似海，婚姻的延续却需领会得义重如山。

许多的婚外情，许多的猜疑，许多仳离的怨偶，都是由于燃烧了炽热的情之后，缺少永恒的义。

外子有一位好友，他的岳父母大人双双高龄九十岁以上。在他们的钻石婚庆祝会上，女婿女儿为老人家印了一本纪念文集。我拜读二老文章，深深地体会到他们彼此的了解与相爱，那才是年少夫妻的好榜样。

记得有一位长辈说过一句"幸福婚姻 ABC"的名言。他说夫妻要彼此尊重、感谢、欣赏（Appreciation），连缺点都欣赏，就是容忍；夫妻要彼此相属（Belonging）；夫妻要彼此信赖（Confidence）。他的话，与简宛的不谋而合。

有一次，我参加一位老友孩子的婚礼，被邀说几句祝贺的话。我引了永记心头、当年恩师所作的一副对子勉励他们，那就是"要修到神仙眷属，须做得柴米夫妻"。神仙眷属是绮丽的情，是相爱；柴米夫妻是踏实的义，是相属。一切的忧患甘苦要共同分担，生死与之，正如宗教仪式婚礼中，一对新人在牧师面前所立的誓言。

夫妻若能凡事推心置腹，为对方设想，正如词人说的"换我心，为你心，始知相忆深"①，就是真正的情深义重，真正的相爱相属。这个"换"，也就是彼此坦诚的沟通了。

――――――――――

① 出自宋代顾敻《诉衷情》。

西方人重视婚姻，才有钻石、金、银等象征结婚纪念的名称。中国人重视婚姻，故有梁鸿孟光举案齐眉的佳话。可是时至今日，不但少男少女对同居、分手、结婚、离婚已视同家常便饭，连老年夫妻也有由相敬如宾到"如兵"乃至白首分飞的悲剧。是多变的社会形态使人们不再重视夫妻情还是"海枯石烂"原本是文人笔下的歌颂之词，而一到实际生活就感到平凡不足惜了呢？

简宛说："婚姻是人生的一个成长过程。"在这段艰辛的过程中，得通过多少窄门？经受多少考验？

诗人叹息道："相思本是无凭语，莫向花笺费泪行。"[1] 彼此之间究竟要怎样的誓言才是有凭呢？要怎样地相爱才能相属呢？

真个是难、难、难，是由于原始结合时的错、错、错吗？

不幸的怨偶定是默默无言只自知吧！

1989年3月23日于纽约

---

[1] 出自晏殊《鹧鸪天》。

夕阳无限好

读过一篇题为《放开胸襟迎新春》的文章，衷心为作者高龄得知音、缔良缘致最虔诚的祝福。他在无限幸福中奉劝世间丧偶的老人，不要悲叹，要放开胸襟，再觅佳偶。从他的文章中看出，无限好的并不是夕阳，而是万象回春的佳境。

像这样的美满姻缘恐怕不易多见。这一来是由于他们双方才学相当，乃能惺惺相惜，一半也由于彼此都有信心。这是可遇而不可求的。且看世间多少形单影只的丧偶老人，纵使有心再论婚嫁，而人海茫茫，打了灯笼往哪儿去找知音呢？

有一位朋友章先生，夫人逝世将近十年，三个儿女都已成家，都极为孝顺。他供职东京时，儿女们怕父亲孤单寂寞，相约轮流自台湾及海外打电话给父亲，问候他的起居饮食。如今他退休了，来过美国也回过台湾，去儿女家轮流居住。他真正是敞开胸襟，迎接阳光，与儿孙们打成一片，一同玩乐，从不把自己退隐到一角，也从无此身如寄之感。含饴弄孙以外，他就去图书馆看书，去成人学校学英文，忙得只嫌时间不够，绝无孤独老人难以打发光阴的感觉。他的儿女们还生怕照顾得不够周全，劝父亲再娶。他诚恳地告诉他们，他和他们的母亲是甘苦与共的终生伴侣，既是终生，则她虽死犹生。她不幸先他而去，而在他心中，无人可以代替。如果为了照顾起居生活而再娶，就对不起新娶的人，更对不起他们的母亲。儿女们听他这么说，也就不敢勉强他了。

像这位老先生如此一往情深、誓不再娶的，可说是特例。

但无论如何，心灵的寄托是万万不可少的。有的老年人不再婚是因为曾经爱过，有的老年人再婚是因为心中有爱。无论再婚与否，都享受着心心相印的无上幸福。

我喜爱读《约翰·克利斯朵夫》，记得其中有一段话，非常深刻感人，特节录在后：

> 得一知己，把你整个生命托付在他手里，他也把他的整个生命托付在你手里。快乐的是倾心相许，剖腹相示，一身为知己所左右。当你衰老了，疲惫了，多年的人生重负使你感到厌倦时，能够在知己身上再生，恢复你的青春与朝气。用他的眼睛去体验万象回春的世界，用他的心灵去领略生活的壮美。只要生死与共，即使受苦也成欢乐了。

这段话，指的原是朋友之爱、知己之感，但也未始不可借来祝福高龄遇知音的美满姻缘！

1989年4月5日《华侨日报》副刊

代　沟

我常常觉得：今天甚为严重的青少年问题，一半是由于多元化社会形态的引诱力过强；一半是由于许多忙碌的父母对子女只供应了生活所需而忽略了精神上的关注与指引，因此形成了父母子女之间的代沟。

台湾以前曾有所谓的钥匙儿童。孩子们放学回家，自己开门进入冷清清的屋子，父母不在家，怎叫他们能有安全感？这样的孩子长大以后，怎令他们能对父母在感情上密切沟通？

想起十年前我第一次旅居美国时，赁屋而居。房东太太是护士，为了多挣钱，一直在医院做大夜班，每天深更半夜回家。丈夫性情乖僻。唯一的儿子才八岁，下午三时放学回家，总是孤零零在马路上游荡。我看了不忍，偶然招呼他进屋喝杯果汁，和他谈天说故事。他一脸寂寞的笑容留给我很深刻的印象。十年后的今天，这孩子已成了问题少年。他父母亲当年铸成的大错是终生无法弥补的。我在想，这个孩子如果有一位祖父或祖母给他充分的爱抚，他决不致对家庭有疏离之感而走上歧途。

回想自己幼年时，畏父亲如畏虎。母亲虽慈爱，但管教极严。她说："我只有一个女儿，若是惯坏，就没指望了。"我犯了错，怕母亲责骂，就躲到外公怀里，他老人家总有办法说得母亲怒气全消，笑逐颜开。

外公是一个有新头脑的人，他曾说过这样的话：

"俗语说，一代归一代，茄子拔掉种芥菜。并不是说上一代不管下一代的事，是说上一代有上一代的想法，下一代有下一代的做法。要彼此看得惯，不去多干涉，都好好劝说就好。"

他又说："其实呢，茄子拔了，丰富的营养留给芥菜；芥菜拔了，剩下的营养留给茄子。人就是这样，一代一代地传下去。"外公所说的"一代归一代"不就是现在所谓的"代沟"吗？他所说的"营养"不就是西方人所谓的LTC（Love Tender Care）吗？

十多年前，我初次应邀访美。我要求接待中心带我访问他们的少年观护所。所长是一位名叫乔的黑人歌手，他与几位志同道合的好友以在街头演唱所得的有限金钱，合力办了这间观护所，名称为"半途之家"（Half Way Home）。那仅仅是一间破烂的屋子，旧家具、旧钢琴，为逃家迷失的孩子唱歌，讲故事，给予他们温暖关怀，劝他们渐渐醒悟，使他们明白：走遍天涯，只有家最温暖。最终使他们一个个自动回家。我听了他们所说的一则则故事，内心万分感动。他们敬爱他们的大哥乔是"小小的人物，有一颗大大的心"（Tiny Joe with a big heart）。

我问乔关于"代沟"的看法，他笑笑说："人与人之间的性情、兴趣、思想总有差异，父子、夫妻、朋友之间都有沟，但要用爱、宽容与谅解来弥补，而不是强调那道沟。爱就像一架梯子，彼此都向当中走去，不就可以拉手了吗？"

他真是一位了不起的导师。他说自己犯过罪，坐过监牢，却也因此受了教育，深深领悟只有全心关怀别人，爱别人，才能使自己快乐。

我问他信奉什么宗教，他回答："我没有宗教，我的信仰就是一个'爱'字。"

我永远不能忘记乔，回台湾后曾与他通过一二次信。但不知世风日下的今日，美国还有这样充满爱心的小人物吗？乔与他几位好友的努力是否能挽救现代迷失的青少年于万一呢？

希望所谓的代沟，真能如乔说的，以双方相互的爱来填补。

1989年5月《妇女杂志》

双双一起老

一天晚上,一位朋友的孩子来学中文。他是在美国成长的,用左手写中国字,蝇头小楷可真不好认。我嫌老花眼镜度数太低,看得不够清楚,就从手提包里取出一副度数较高的戴上。字倒是放大了点儿,但怎么会暗暗的模糊不清?难道是我的眼睛有毛病,得了青光眼或白内障吗?岁月不饶人,视茫茫最容易使你心惊。

直到这孩子做功课完毕,临行前,有礼貌地问我:"李妈妈,您是眼睛不舒服怕光吧?否则为什么晚上还一直戴着太阳眼镜?"

我连忙摘下眼镜一看,原来戴错了一副太阳眼镜。虚惊一场,大放光明后,心里反倒更高兴。

有一次洗完头,正在对镜卷发,电话铃响了。我拿起一听,觉得对方朋友的声音非常细小,问她是从哪里打来的,她说"就在新泽西呀"。那怎么会是这么小的声音呢?一定是我的耳朵不灵了，心里又有点儿急。

眼不明，戴上老花眼镜倒还是一种装饰，可以遮点眼角的鱼尾纹。耳不听，戴起助听器可就极感不便而且显得老态毕露了。我悻悻然地，一直坐着生闷气。

老伴问我何事不开心。他就坐在我对面，但声音听来非常遥远，可不是耳朵有问题吗？我说："我耳朵聋了。"他说："耳朵迟早总要聋的。我还巴不得早点聋，可以耳根清净呢？"他还要讽刺我，我更气得默不作声了。

直到临睡时洗脸，发现两只耳朵里都塞着棉花团，原来是白天洗头后忘了取出。一挖走，马上恢复听觉，那份失而复得的高兴真非言语所能形容。马上告诉老伴：我依旧耳聪目明，没有老呀！

他慢吞吞地说："没有老，你是没有老，可是你戴了太阳眼镜看书几小时都没发现，洗头时耳朵里塞的棉花都忘了取出。这种糊涂、这种健忘，不是老的现象又是什么？"

"你不用幸灾乐祸。你又比我好得了多少？眼镜戴在鼻梁上到处找眼镜的不是你吗？"

"这才好啊！我俩谁也不用嫌弃谁。"

我知道他并不是真心地幸灾乐祸，他只是愿意我同他一起老。

想起孩子幼年时说的话："妈妈，你现在不要老，等我长大了，我们一起老。"

傻傻的幼儿意识流的孝心令人莞尔，但做母亲的怎么等着儿子一起老呢？

只有冤家似的丈夫，才能二人相依相守，双双一起老啊！

1989 年 12 月于新泽西

《思乡曲》与《慈母颂》

检点行箧,发现一篇极为感人的文章《思乡曲》。作者潘恩霖先生,是我中学同窗六年好友刘珍和女士的夫婿。这篇文章是潘先生为庆祝慈母百年冥寿而作。就在那一年,潘先生也不幸因心脏病突发而逝世。我的同学刘珍和与他四十余年鹣鲽深情,悲痛逾恒。幸儿女个个孝顺,百般劝慰。她忧思稍减,心神稍定后,给我写来一封信,并将她先生的一篇遗作寄我。我读后感动得泪水涔涔而下,故一直留在书箧中,作为永久纪念。转瞬间,竟然已是十个年头过去了。

如今,我又在异乡作客,在一片祝贺"母亲节快乐"声中,重读潘先生此文,感触尤深。

难得的是潘恩霖先生出生、长大在海外,受的是西洋教育而对祖国传统文化系念不忘,公余一直自修到能作诗词,其毅力与爱国精神,令人敬佩。潘先生回祖国后,抗战前一直从事教育工作,并创办中国旅行社,对国家贡献至多。后来他侨居美国，再迁新加坡，协助友人从事工商业发展，对新加坡侨胞的公益事业尤为热心。他为人和平公正，极受当地人及侨胞爱戴。在新加坡时，一直想写文章寄来发表而苦无时间，后竟突然逝世。这是他第一篇也是最后一篇文章，故格外值得珍惜。

他写的是侍奉慈母以及为慈母的快乐而特地用中文编写《思乡曲》的经过，还有在沈阳青年会演唱时受到欢迎的热烈感人情景。读通这篇文章，实在是一首感人的《慈母颂》。

本文寄到时，母亲节固然早已过去，但慈母之爱是无始无终的。在我们每个人心中，母亲节应当是永恒的，是不必认定哪一天的，因为母亲的辛劳是日日年年、年年日日啊！

潘恩霖先生遗作原文如下：

我从小爱好西洋音乐，喜欢唱英文民歌。每次得到一首新歌，必先将歌词的内容简略译告我的母亲，然后自己奉琴将歌儿唱给她听。事实上，母亲既不识英文，也不懂西洋音乐，但总是参与助兴，给我鼓励。有时要我将译述的某段某句再唱一遍，使她增进了解，也更欣赏词意与音调的调和。所以几年下来，一本《一百零一首佳曲》，我们母子二人都很熟悉。

但这些歌曲中，她最爱听的是《思乡曲》。这首歌原名《故乡，甜蜜的故乡》(*Home, Sweet Home*)，是十九世纪美国作家裴恩（Payne）所写。裴恩本是孤儿，既无父母手足，亦无家庭，是在孤儿院中长大的。长大后在外交部做事，后派往非洲某小国当领事。他终身未曾结婚成家，但感情丰富，想象力甚强。远客他乡，时常想念祖国，因而写出这首委婉动人的《思乡曲》，传颂一时，成为世界名歌之一。

《思乡曲》歌词大意是：走遍天涯，享尽荣华富贵的生活，看过最优美的环境，仍不如简陋的故乡令人恋念。

我因为母亲特别喜欢此歌，又因原文是英文，她无法跟着哼唱，而且原文究竟是美国人的口吻，和中国人思乡的情感总不相同，所以根据原歌的曲调，照中国人思乡的心情，将其意译。计二节如下：

一

听杜鹃声声，啼得游子归心切，
看落花片片，吹得庭前空寂寂，
是何物富贵，使人们如此舍不得？
问底事忙碌，亦知田园已芜否？
（副歌）
去！去！莫留连，
莫负好岁月，
莫教家中人长嗟！

二

念昨夜梦里，旧日门庭犹认识，
惟门前树老，屋后墙垣稍稍缺，
有高堂老母，空倚园门望残月，

盼游子归来，榻扫几拂常虚设。

（副歌）

去！去！莫留连，

莫负好岁月，

莫教家中人长嗟！

　　我当时仅十几岁，且我所受的是英文教育，中文根底非常肤浅，是从商务印书馆的"人、手、刀、尺"教科书读起的。一切古文经传，都在后来做事时感觉需要而苦苦自修。所以写此歌词时，对于平仄声韵毫无研究，诗词歌赋更是外行。但这是我和母亲共同哼唱过的译文，所以至今不忍丢弃，也曾请教专家润饰。

　　后来我在沈阳东北大学担任教职，并且邀集有兴趣的男女学生组织歌咏团，用四声合唱排演比较简单的西洋歌曲。首先选唱的，也是他们最感兴趣的，就是这首《思乡曲》。我在晚间去学生宿舍行走，听到他们三五成群，连不是歌咏团的团员都在歌唱。我感觉到自己的这点努力受到他们的支持，十分兴奋！

　　不久，沈阳青年会的阎总干事要求我将此节目在五百人集会的场合演出，以便公诸同好。我本来想，我们的技巧并不高明，这首歌曲也很简单，这演出不能登大雅之堂。但是当年的东北还未受到西洋音乐的影响，借此做倡导工作或不致贻笑大方，所以答应他的要求，只是请他将此歌排在最后一个节目——并非我们的表演可以做压轴戏，而是照欧美习惯，这首催人返家的曲调，要到宴会时间甚迟、客人游玩已经尽兴的时候,主人才授意奏乐的人弹此歌曲。大家围琴共唱,作为散会的仪式,然后分别归去。所以根据这个惯例,将此歌排在最后,似乎比较合理。

演出的当晚,我们将歌词印在节目单上,让座客可以了解所唱的词句。我先解释裴恩写此歌的历史,然后将此歌演奏。唱毕,全场掌声雷动,历久不停,表示要求再唱。我们受宠若惊,感泪于听众的热忱,所以用最轻的声音将第二节复唱一遍,并邀请座客在唱副歌时加入我们,共同合唱。节目完毕,全场寂然无声,座客中有许多人流下眼泪,静悄悄离座回家。这深刻的印象,数十年后还历历在我脑中。我当时想到早年和母亲共同哼唱的情形,想起"树欲静而风不止,子欲养而亲不待"之句,不禁黯然泪下。兹值先母百龄冥寿,于介绍裴恩君之《思乡曲》外,亦借以表达对慈母的无限哀思。

1987 年 5 月 28 日于纽约

死生亦大矣

曾读过一篇文章，写一位患了老年痴呆症的老人，住在老人疗养院里，四年来渐渐地被子女遗忘了，只有痴痴呆呆地等待上天最后的召唤。作者感慨地问，让这样的老人余生凄凉，究竟是谁残忍？一个人如果为免拖累旁人而自我了断，谁会觉得他是仁慈？

以今日的社会形态而言，这位做儿子的，事实上不可能衣不解带地侍奉汤药，将父亲送进疗养院托给护理人员照顾，已算尽了孝心。再也不必感慨"久病床前无孝子"，更不要以"慈乌反哺"来指责忙碌的现代子女。

我家乡有句俗话："一代归一代，茄子拔掉了种芥菜。"一点儿不错的。那块土地到了该种芥菜的时候，枯干的茄子梗自当被拔掉，让出位置来呀。

几年前，台湾报载一位老人于儿孙各自成家立业后，乃雇工为自己筑好坟墓，自闭其中，以煤气自杀。当时真觉得这位老人心胸太窄，太不考虑儿孙的心情。再仔细想想，他也许有不得已的苦衷吧。

最近看电视新闻报道，一位中年妇人为顺从患绝症丈夫的要求，悄悄地用针药使他解脱。此事引起社会争议，问这样的行为是否犯法？是谋杀还是仁慈？妇人接受访问时坦承自己杀死丈夫，但那是为了爱他，使他少受痛苦。她泣不成声地说："我爱他，他至死都说爱我。"这段新闻在晚间重播多次，并以"是谋杀还是仁慈"为标题，以两个不同的热线电话号码征询社会大众正反两面的意见，进行统计。

依基督教的看法，当然只有上帝有权予夺人类的生命。佛家勘破生死，但仍劝世人惜生、修死。道家主张顺应自然，儒家说天地有好生之德，也是爱惜生命之意。但，人要活得健康，才能发挥生命的意义与价值啊！

我看了一本日本小说《恍惚的人》①，描写一位恍恍惚惚的老人，不知妻子死了，也不知自己身在何处，害得儿子媳妇惶惶终日，全家鸡犬不宁。孙子忍不住对父母说："你们可别活到这么大年纪啊！"听得做父母的不寒而栗。作者的意图是探讨日本老人的福利问题，但整篇小说读后使人心情十分沉重。

愈说愈感慨，不如来个笑话解颐一番：

有个做父亲的，知道儿子一直忤逆不听话，叫他朝东，他偏偏朝西，总是拗着父亲的意思。父亲临终时，为了希望儿子能为自己厚葬，就故意吩咐儿子："我死后，你就用草席

---

① 应为有吉和佐子的长篇小说，1972年由新潮社出版。

把我一包，扔在后山喂狼狗好了。"儿子居然照做了。邻居们纷纷责备他的不孝，他说："我后悔一生都没有听父亲一句话，他最后的吩咐，怎能不听呢？"

我听这个笑话的时候还不到十岁，当时只会笑得前仰后合。六十年后的今天再回想这个笑话，却是连儿子都不好意思讲给他听了。

1988 年 6 月 28 日

异乡心情

我有一位年轻的朋友,她原是台北一所幼儿园的园长。我们由认识而相交,是由于一份猫缘。说来非常有趣。我那时住在公寓,却不自量力地收留了一只身怀六甲的流浪猫,不久生下三只小猫。为了母猫可以自由来去,方便给小猫喂奶,我只得用纸盒装了小猫放在自己的门口。小猫渐渐长大,公共楼梯上下多人,非常不便。大楼管理员提出严重抗议。我于一筹莫展中,拜托文友在专栏里写篇文章,征求能收留它们的仁人君子。文章一刊出,马上就有人打电话来,说她的幼儿园有最适合的环境可以收养它们。她是史乃丽。我喜出望外。当天,她就亲自开着车子来,把母子四猫一起接去了。

我们如同结了干亲,谈得非常投缘。她的爱心、她的热忱,是由于受了母亲爱的教育。老太太对佛学非常有研究,常请虔诚信徒到幼儿园礼堂谈信仰心得。我也曾参加演讲与听讲，颇多心得。

我来美后，因彼此都忙碌，曾一度中断通信，对她十分挂念。没想到她也早已来美，看到我在报上写随笔，就通过报社与我联系上，立刻与她先生驱车来看我。旧雨新知，欢愉可知。

不久她随先生调差去印尼。以她热情活泼的性格，到哪儿都能适应，而且展露才华，热心地做出一番成绩来。最近她在百忙中来信，读后使我非常感动。

她说最使她痛心的是印尼政府非常排华，不准有华侨学校，不准任何中文报刊印行。他们的下一代都不会说中文，也没一个敢出来办中文学校教中文。我这位朋友就动起脑筋来。趁着每星期六上午的打篮球时间，和几位中国家庭主妇提出构想，每周一次到她家教小孩子唱中国童谣或爱国歌曲，教他们跳民族舞蹈。有的妈妈教他们写毛笔字，画图画，集大家力量，基于一颗爱心——爱孩子，爱国家，为共同培育中国的下一代而努力。这些妈妈都是从台湾或香港来的，她们还要向印籍华人拓展宣传。在一个酒会上，她向印籍华人主妇提出这项计划，她们都纷纷报名参加。虽是异乡身份，但心念祖国。这份诚恳的精神，使她感动得落泪。

她说中国人是最坚毅的民族，不管移居海外多少代，始终保持中国人的传统与习惯。尽管由于政治的因素，他们不得不成为外国人，说外国话，但那颗心永远是中国的。他们不但没有被同化，反而同化了许多印尼人。尽管印尼政府排华，但到处是中国餐馆、中国食品、中国录像带商店。

她又参加了妇女俱乐部的许多活动，帮助残障儿童义卖，教他们各种游戏，再忙也不觉得累，因为爱就是最大的原动力。她说使她感触万端的是，当她第一次参加妇女俱乐部的活动时，十几个国家的妇女都举着她们自己国家的国旗昂然进入会场。她那时的心好酸，因为她是唯一的中国人，也是唯一敢承认自己是中国人的，但她手中没有国旗。她心中好怅恨。她要努力参加该会的各种活动，积极发挥中国人的才干，争取世界对中国妇女深刻的好印象。

看到这里，我感动得热泪盈眶。

一个人身在异乡，格外感到家国的重要、民族尊严的不可侵犯。目睹种种，感触特深，再也不会"人在福中不知福"地对故土百般不满与挑剔了。

这是这位朋友语重心长的叹息。

1988 年 5 月 25 日

意在言外

　　意在言外当然意味着说话的人说得含蓄、风趣、不刻薄、不尖酸，听来不刺耳却能领会深意。这种说话的艺术着实不易。一个敬酒的故事颇可为例：

　　酒席上，一位男宾向旁边一位美丽的太太敬酒，嘴里念道："醉翁之意不在酒。"这位太太立刻举杯回敬道："醉酒之意不在翁。"她的丈夫也马上接道："醉酒之翁不在意。"另一位冷眼旁观的客人凑趣道："在意之翁不醉酒。"四个人都是绝妙好言语，却转来转去没有超出这七个字，足见中国文字组合之妙。

　　另有一个笑话，也足见说话的技巧：

　　一人请客，甲、乙、丙三位客人到，做主人的却叹口气说:"该来的不来。"客人甲听了不是味道,就起身走了。客人乙说:"你这么说,他生气走了。"主人说:"我又不是说他。"乙一听,不是味道,也起身走了。现在只剩下丙一个人。主人又叹口气道:"该走的不走。"丙知道明明是说他,也只好走了。

这样不诚恳的主人,这样耍嘴皮子的说话,实不能称之为"意在言外"。比起前面故事中的人,就显得刻薄了。

还有两个小故事,可作为意在言外的好例子:

有一人请人喝酒。甲喝了一口,皱着眉说:"酒是酸的。"主人认为冤枉了自己,就把甲吊起来。不一会儿,乙来了,问甲何以被吊,甲据实以告。乙说:"让我也尝尝这酒吧!"乙尝了一口,对主人说:"把我也吊起来吧!"这真是妙极了。

有一个小偷,偷了一家的细软,被失主抓到了。失主是戏迷,对小偷说:"我唱一出戏,你如叫好,我就把细软都送给你。"小偷非常高兴,心想叫一声好还不简单吗?失主抬高嗓门哇啦啦地唱,唱完后问小偷:"你怎么不叫好呀!"小偷垂头丧气地说:"我还是把细软还给你吧!"

这个小偷不但说话有技巧,那种坚守原则、不为小利而说假话的精神更令人钦佩。可是这样的人怎会当小偷呢?我这话就问得太没有艺术了。像我这样实心眼的人，一辈子也说不出一句"意在言外"的幽默话来。

1987 年 10 月 23 日

也谈"性"字

最近在报纸副刊上读到一篇文章,题目是《"性"的泛滥》。主编为了醒目,把那个"性"字排得老大,倒把我吓了一跳。继而又高兴地想,这位作者一定是看不来那些大事渲染色情的作品而施以挞伐吧!待仔细一读,原来是有关语文方面的讨论。

大意是说,"性"这个字乱用的情况愈来愈普遍,也愈来愈严重了。这是由于人们偷懒地把英美人滥用抽象名词的陋习移挪过来,在随便什么名词、动词之后都加上一个"性"字。例如典型性、趣味性、故事性、可能性、攻击性、防御性……等等,这个"性"那个"性"的。

作者何伟杰先生认为,含后缀"性"的词语,用于应用文或学术文章并不令人生厌,但泛滥于一般非学术类的文章或口语中,反使语意含糊不清。

读完全文,觉得何先生对中英语义语法加以比较分析,并一一举例说明,至为明白确切,因而真觉得许许多多名词、动词之后加"性"字实在是多余,实在是作者不愿多加解释的偷懒做法。

这一来,我不由得检点自己写文章时是否也喜欢加个"性"字作形容词。幸好我很少这样做,那是因为我很少写理论文章。(如果我也有加"性"字的习惯,一定是"理论性"的文章。试问这个"性"字加不加有什么分别?)至于抒情记事文章,好像不必借重这个时髦的"性"字。

这么一注意,我每读一篇文章,就格外留心去找含后缀"性"的词语,也格外觉得凡是这类词语,那个"性"字就好像会从纸面上跳起来。再仔细念一遍,想想是否可以省略或用别的字眼来代替,就觉得非常有趣。

比如我刚刚读一篇翻译的日本小说,里面就有好几处带"性"的词语,例如:"她对运动狂热,并不是她对样样事物都有攻击性。"此处是否可代以"含有攻击的意味",当然这就多出好几个字了。还有一处是:"定期性地谈没有结果的恋爱。"这个"定期性",想来其实是"不定期"的,天下哪有那般美好的事,让你定期地谈不同的恋爱呢?我不知小说的日本原文如何,至少这样的译法,令人读来感到含糊不清。

语义学是一门大学问,我毫无研究,但总觉得中国语文的结构是非常精密而且明确的,大可不必借重含义不清的新式词语破坏了中国语文固有的结构美。

联想到与"性"无关的"架构"二字,我非常不习惯辨识这个词语。想来想去,"架构"是指什么呢?

谢天谢地,我从来没有把这两个字眼摆在我的文章里。

不然的话，我的作品首先对我自己就没有一点"可读'性'"了。这个"性"字好像又有点儿省不掉的样子。诸如此类，姑且称之为"不可避免性"吧！哈！看我似已着了"性"字之魔了，可见时髦词语的传染"性"有多大了。

1987年8月19日《中华日报》副刊

诙谐中的练达

我虽许多年来都写散文,却爱看小说。所选择的标准是:自然朴实,不刻意雕绘,不故弄玄虚,不渲染色情,不卖弄人生哲理,取材于实际生活,于温厚的悲悯或轻松的趣味中予人以深刻感受。

因而周腓力[①]的小说颇能引起我的兴趣,觉得他以第一人称自嘲的笔触消遣自己,娱乐别人,可以收写之者无罪、读之者足诫的效果,颇有古代讽喻诗的意味。作者自身粉墨登场,也颇具鲜活形象。

他因不能满足于在小说中以"我"当主角,乃进而写散文,让这个"我"走出来,面对读者,坦诚地现身说法。他散文的笔调仍维持着一贯诙谐的情趣。任何严肃主题,他写来都亦庄亦谐,不尖酸刻薄,亦不卖弄才情,所以能吸引人

[①] 台湾地区小说家。作品有《洋饭二吃》《一周大事》等。

一气读下去而无冗长拖沓之感。

许多爱好他作品的读者常把他的小说与散文混为一谈。曾有人同我说："周腓力的婚姻很奇特。他已经离婚了，他的太太爱赌博是不是？"我连忙说："那是他写的小说情节。'先婚后友''离婚周年庆'都是虚构的呀！"

其实我不是第一流的读者，也不是一个擅长编故事写小说的人，但许多读者也说我散文中的人物、故事像小说，问我是真的还是假的。我告诉他们，我写的都是真实故事，因为我写的是散文，不是小说。而周腓力以第一人称写的是小说，不是散文，他的散文富于趣味性却又近似小说，因此读者对这两个"我"有点混淆不清。

我未认识周腓力之前，只从作品中知道他生活经验丰富，又有深厚的外文素养。他所写的，无论是"我"或不是"我"，都能引起他人"感同身受"，这就是文人之笔，必当能挥洒自如。

读腓力文章，我起初想象他一定是个口若悬河、风趣横溢，甚至有点儿爱开玩笑的人。及至去年秋间在洛城见面，才发现他原来是一副敦敦厚厚的神情，说话也显得有点儿木讷，我不由得连声说他"文不如其人"。这个"不如"当然是"不像"的意思。他只是谦和地微笑着。在他的形象里，找不出他小说中那个"我"的一丝影子，足见他的小说技巧善于隐藏自我。

我们匆匆数面，未及多谈，倒是回来后通过几封信，知道他写作的动机、主张与为人处世的态度重在"真挚"与"幽默"。这一点深获吾心。

海明威说:"要成为一名作家,最重要的是培养同情心与幽默感。""大器晚成"的周腓力对此定当有更深体认。他于写小说斐然可观之后,复勤写散文。我希望他一直把握幽默而温厚的原则,发挥诙谐的才情,"谑而不虐"地一路写去,建立起个人高雅的风格,不为世俗的时尚所左右。

多年前为激赏季季①散文所引先师的两句咏梅词:"犹有最高枝,何妨出手迟。"乃以此转赠腓力。盖出手愈迟,当愈见其沉潜蕴藉的功力。腓力于"老来得书"②之后,写作的灵感若决江河。无论小说或散文,都是他攀向最高枝、锲而不舍的一份努力。

1989 年 1 月 4 日《联合报》副刊

---

① 台湾地区散文家,小说家,作品有《属于十七岁的》《异乡之死》《拾玉镯》等。
② 化用"老来得子",也是幽作家一默。

天下一家

我游玩过两处迪士尼乐园,最使我神往的,是那首《小小世界》①,令我感到和平、幸福、快乐包围了我,像飘飘然进入了神仙境界。归途中,萦绕在耳边的,就是"这是个小小世界……"的美妙歌声。歌词似微带感伤,但使人心情平静无比。

每当心中烦躁,对这充满火药味的人世感到绝望时,"这是个小小世界"的歌声总又会在耳际响起。我一直非常感激沃特·迪士尼先生,为儿童,也为俗世的成人,带来一个暂时忘忧的小小世界。

今春,意外地在著作《天下一家》②中竟发现作者姜逸樵③博士在第一章的结尾引了这支歌,并予以中译:

---

① 迪斯尼乐园主题曲。
② 初版书名为 *One World*,1996年由天下一家出版公司出版增订本。
③ 留美哲学博士,发明家,企业家。湖南邵阳人。

> 我们的世界，有欢笑，也有哭泣；
> 我们的世界，有希望，也有忧虑。
> 我们须同舟共济，及时觉悟。
> 这是一个小小的世界啊！

作者在最后加了两句：

> 让大家紧紧地结合，
> 求永久的和平与普遍的幸福。

我感动的是如此一位怀抱世界大同理想的学人，写这部著作的原动力是那一点赤子之心——对全世界、全人类无边无际、不分界限的爱。在他的胸怀中，小小的世界，就是最大的世界——"天下一家"。在这个家里，人类永享和平与幸福。

逸樵先生是我极敬佩的一位学者。七年前我们旅居美国时，得有机缘结识他和夫人弘农姐。我们特地去南湾他们府上小住数日。他曾把他这部正在增删修订中的稿件见示，并详为叙述他写作这部著述的苦心与锲而不舍的努力过程。早岁，他从历史中知道中国是由几千个群体汇合成一个民族，因而体会到世界所有民族都将融为天下一家。二十一二岁的他就决心尽最大努力做深入研究，以期达到世界大同的最高理想。他的学士论文、硕士论文、博士论文都是以此主题为中心思想。

为了先有安定生活，俾得专心研究，他发明了一种图书卡片复印机，企业经营得非常成功。

有了稳定的经济基础后，他毅然决然地放弃这家利润丰厚的企业，全心投入他视为百年大计的著述工作。七年后，乃完成《天下一家》。他的毅力、胸襟与远见实非常人所能及。

我当时曾问他，"你怎舍得放弃那样高的利润呢？"他淡然一笑说："我并不是要做大富翁，而是为了完成自己的著作，带出我的理想。钱要那样多做什么？够过日子就好了。"这才是君子"先立乎其大者，则其小者弗能夺也"①的风范吧。

他在本书序文中说："本书是忠实地为人类而写的，谨以之贡献给全世界。"他孜孜矻矻穷尽毕生精力的苦心，于此可见。

今日纷纷扰扰的世界，不但国与国之间少有信义，连同种族、同宗教的也视同仇雠。逸樵先生世界大同、天下一家的理想何时能得以实现？人类永久和平、永享幸福的日子何时降临呢？

但怀抱赤子之心的逸樵先生始终是充满希望的。不但是他，凡读过他这本著作的学者名流都被感动得引发同样的企盼。多位诺贝尔和平奖得主纷纷向他致钦佩之意，他们不但为《天下一家》的伟大理想所感动，也十二万分地欣赏他生动、平易、流畅的文章，尤其认为他运用辅助资料注解之详，

---

① 出自《孟子·告子章句上》。

为本书之一大特色。

逸樵先生自谦地说:"这些辅助资料成了正文的肌肉和血液,正文反而只是它们的骨架。"因此他向每一位提供肌肉、血液的作者致深厚的谢意。有这种君子虚怀若谷的风度,才是一位能写《天下一家》的作者。

我自惭学殖肤浅,固未足以窥本书之堂奥,但我曾屡次与逸樵先生见面,请益,现又粗读了本书数章,深深感到他是以哲学的胸怀体认,以科学的方法研究,以文学的笔调完成了这部行将影响全世界的著作。①

我又翻开了本书引用"这是一个小小世界"歌词的那一页,默念着,也低低地哼起游迪士尼乐园时依稀记得的歌曲,预祝这个小小的世界也是一个大大的世界——天下一家。

1985 年 10 月 10 日《中国时报》副刊

---

① 从查得数据看,作者似过誉。

读《尘缘》有感

对一个旅居海外的人来说,在报刊上读到台湾朋友的文章就会引起天末怀人之思。日前读到十月廿三日丘秀芷[①]的《尘缘》一文,激赏之余,也不禁想起她这个人。

我和秀芷不是密友,平时见面机会也不多,但她的文章,只要见到的,必然会读,因为我很欣赏她洋洋洒洒的笔调和那份豪情与真挚。

我们在《妇友》月刊的编辑会上,每月可以见面一次,我称之为"妇友会"。我与她有时并排而坐,有时面对面坐,但谈的全是讨论刊物文章的"公事",会毕匆匆而散。我从没对她说过"我好喜欢你的文章,你的某一篇文章写得真好"这类的恭维话。但对于她在《妇友》上写的"先民的脚印"

[①] 台湾地区散文家,抗日保台志士丘逢甲孙侄女。作品有《留白天地间》等。

连载专栏，我是非常钦佩她对史料搜集工作之认真与运用辞章之生动活泼的，这也正显出她那个人的朴质无华。

近些年来，台湾文坛气象更新，年轻作家各具风格，各展才情。但依我个人性格，还是偏爱不刻意求工，宁可质胜于文，像秀芷写的那种文章。

今天读她的《尘缘》真是拍案叫绝，写得真幽默风趣，也使我这个一样搬了好多次家、也爱小动物、也有许多钟（这都是她文章中写到的）的人感到惭愧，因为我没像她那么洒脱放得开，竟然跟定了丈夫，来到海外饱受思乡怀友之苦。不同的是他们还年轻，可以轻别离，而我们已经老了。"年少夫妻老来伴"啊，何况我家的钟都是我对时刻校正快慢的。他连每天出大门前该穿什么样厚薄的大衣、要不要带伞都得由我决定，他还能少得了我吗？

秀芷文中说她在心中冒火时写过一篇《他将自我放逐》，符兆祥拿给别人看，竟有人误会他们离婚了。那篇文章我没有看到。朋友们之所以误会他们离婚，是因为对他们太关心了。在我看来，他们这一对儿是怎么打也打不散的标准夫妻，正如她文章中说的"绝配"。

她有饲养小动物的丰富经验，其原则也是一任自然，与它们打成一片。从童年、少女直到做母亲，小动物一直都围绕着她。她一点儿也没费什么精神，不像我，养一只小猫就好紧张，最后总是落一场伤心。

她送我散文集《悲欢岁月》，书名我很欣赏。那篇序就是感人的好散文，不由得不一篇篇往下看。她写童年，写农家乐，写双亲，写手足，那一份真挚的感情与不事雕琢的纯朴之笔正符合了我的写作主张。读到最后一篇《红烛燃尽时》，写她的慈母去世，我亦不禁泪水潸潸而下。谁无反哺之心？子欲养而亲不待，洒脱如秀芷，对着灵前即将燃尽的红烛，也焉得不悲从中来？

秀芷出版过多种散文集，一本本都有很高的可读性。我对《悲欢岁月》一书感受尤深。她的文笔就像她的人，一贯地自然，不矫揉造作，不刻意求工。正如她自己在《尘缘》一文中说的："我是一个平实的人，笔端不会涂上蜂蜜甜浆，脸上不会加盖一层粉。"

文学之最可贵处就在一个"真"字。率真之人乃能写率真之文，所谓"铅华不御得天真"[1]，也就是真正的"文如其人"了。

1984年11月25日于新泽西

---

[1] 出自唐明皇李隆基《题梅妃画真》。

盲女柯芬妮[①]

芬妮姓柯（Fanny Crosby），照中国的姓氏习惯，就叫柯芬妮吧。一百多年前，她生于纽约州一处群山环绕的幽静小屋里。不幸的是，她的眼睛在婴儿时期就因病受了损伤，医治无效而至完全失明，注定了得在黑暗中摸索一生。

可是小小的芬妮自幼就非常坚强独立，她在起居行动上绝不依赖别人，而且和邻居的小伙伴们玩得非常开心。她跳绳、爬树、骑马样样都来，毫不比别人差。许多同情她盲目的人，看她这样的玩法，都不免替她捏一把冷汗呢！

由于她不能用眼睛看，所以格外用心地去听，听大自然中所有美妙的声音。她听出风的狂笑或叹息，听出雨的轻歌和呜咽。还有山洞里流水的潺湲，树林中群鸟的啁啾歌唱、呢喃细语。她的胸中胀满了欢乐，充满了对这世界全心的爱，

[①] 又译芬妮·克罗斯贝，知名的基督教赞美诗作者。

因此在所爱的世界里描绘出美丽的远景,那是她对将来名望和荣誉的期望。

她肯定自己不是在做白日梦,而是要努力实现理想。但是每当她想着要如何实现理想时,常会听到一个声音对她说:"你办不到,因为你是瞎子。"

伤心的她跑到深山中,跪下来祈求上天启示。她又会听到一个声音对她说:"我向你保证,你一定可以实现志愿。"然后,她安心地回到同伴中,和大家一同玩乐跳舞,越玩越快乐,因为她心中有了保证。她不会是一个默默无闻的盲女,她定将使生命发放灿烂的光辉。

不到十岁时,芬妮就能背诵《新约》《旧约》中的许多篇章以及很多诗篇。她对诗有强烈的感受和爱好,常常在听到别人唱一首诗时就能从音韵风格中分辨出是谁写的。她渴望自己也能写出同样美的诗来。八岁时,她写了这首诗:

> 哦,我是多么快乐的孩子
> 我虽看不见
> 却对世界感到全心的满足
> 因为我拥有的福
> 是别人所没有的
> 我绝不为自己的盲目
> 哭泣或叹息

芬妮渐渐长大,开始写诗,在学校里受到老师的鼓励、同学的赞美,因而她的诗愈写愈好。少女时代,她写了更多赞美造物主、大自然的诗篇，由教会里传播福音的音乐家配上曲谱，因此她的诗篇家喻户晓，散布到世界每一个角落。每个人唱起柯芬妮作词的歌曲，就会在内心涌上一份喜悦。她对人世幸福的贡献是多么地大。

她活到九十五岁逝世。悠长的一生中，一共写了三千多首赞美诗。她虽是个双目不能看见这个世界的盲者，心胸中的世界却无限广大，因为她以光明回报人间。

传神·传情·传真

近读平书《激情手记》，这是一本纯抒情的散文集，文笔朴实，感情真挚，有非常高的可读性。本书与她以前作品的不同之处是：以前的是客观地写出别人的经历、别人心里想说的话；这本书是主观地表达自己对亲人的感情与对事物的感想。作者由幕后走到台前，与读者侃侃而谈。前者所需要的是传"神"，后者所需要的是传"情"。但无论传神还是传情，最重要的相同点就是"传真"。只要有真挚的体认，信笔写来，都是好文章。

我读过平书不少篇散文，这次她将本书中抽出几篇放大影印给我，使老眼昏花的我便于阅读。我于重读诸篇之后，感到她于平易的叙述中让读者领略亲情的可贵、生活的意义，因而引发我们对勤劳节俭美德的怀念与向往。

例如得奖之作《那蹒跚的身影》写一位安贫守拙、全心爱护莘莘学子的萧老师："他有一个信念，不管生活多苦，读书人的气节仍要保持。"她平平实实地写出他择善固执的气节，对今日急功近利的世道人心，实在有醍醐灌顶之功。本文与《手》都是以小说手法描绘人物，读来如见其人。

由于她细心地观察与体认，落笔之际，常能带出一份人生哲理，值得再三品味。例如在《手》中，她写道：

> 为什么每次看他做烧饼，总觉得他不是在工作，而是把生命力和爱心都揉入那小小的烧饼中？在他的心目中，那不再是个可以吃的东西，而是该被精心呵护的艺术品。如何把这个艺术品提升到最高境界，不正是他孜孜不息的目标吗？

把一件做烧饼的工作看作精雕细琢的艺术工作。领悟之深，不能不夸赞平书的别有慧心。

写亲情，说容易也最难。容易的是人人有同样体认，似乎都可以写；但难的是，同样是"爱"，如何以具体故事写出内心深刻的感受、难忘的亲情而能引发读者的共鸣？

我非常欣赏《永远的花灯》一文，题目就具有丰富的想象与深长的含义。写父亲为儿女们扎花灯，哥哥姊姊和她每人一盏。父亲辛苦工作了一个通宵，孩子们都在沙发上睡着了——使我想起自己的童年和父母之爱。

作者最后写道：

> 花灯因搬家或水灾等而不知去向，花灯的形象及亮光却永远深植在我内心深处。岁月的流逝带不走那年妈

妈坚定的眼神及爸爸在昏暗的灯光下埋头扎灯时给我的无尽温馨。

这就是永远的花灯。

《点滴在心头》写双亲的鹣鲽深情和父亲的勤俭，以及他不主张女儿留洋的踏实见地。在作者毫无矫饰的叙述中，读者也有了点滴在心头之感。

《一根白发》与《被里慈心》都是写母亲对她无微不至的呵护。直到她婚后回娘家，母亲都为她深夜起来盖被子。

　　就在母亲转身的刹那，我第一次发现她额上的皱纹及头上的白发怎么增加了这许多。
　　黑暗中我望着她蹒跚而去的身影，忍不住掩被而泣。是太多的操心催老了妈妈吗？

字里行间流露的，正是孝的启示。作者毕竟是幸福的，因为她有父母可以及时尽孝道，她在泪光中可以望见双亲的笑影。多少人却只能悲叹"树欲静而风不定，子欲养而亲不待"啊！

《妈妈的厨房》和《一袭毛衣万缕情》都是写母亲劬劳。孩子们只会理所当然地享受妈妈的菜，穿上妈妈不眠不休为他们所织的暖烘烘的毛衣，直到自己头上出现了白发，才吃惊地看到母亲不到六十岁已是半头白发了。

《绿衣情深》写爷爷，《翡翠戒指》写外婆，都是三代情。我尤激赏《翡翠戒指》的最后一段：

妈妈不再只是收藏翡翠戒指，而是时刻不离身地戴在手上。看着它，妈妈就好像回到外婆身边。我也深深地感到外婆的爱就像吐不尽的蚕丝，一代一代地绵延下去。

但愿工商业挂帅的今日，年轻一代能上体亲心，将无尽的爱也像蚕丝似的一代一代绵延下去，因为只有爱，才不会有仇恨，不会有残杀。

《兄妹情》顾名思义就知道是写手足之情。她回忆哥哥对妹妹无微不至的呵护和自己幼年时的任性，写来纯真感人。

《足下风情》又是另一种笔调，由鞋子的式样变迁反映时代的变迁。作者深深领悟由俭入奢易，由奢入俭难，乃与幼小的女儿相约，不再乱买东西。"如何让我们的下一代在安乐中茁壮成长而不被物欲所淹没，不正是这一代的父母最大的课题吗？"是作者对生活的省思。

她对大自然的向往，可从《学做老圃》与《梦回合欢》二文中看出来。后者是以书信体写出对合欢山旧游的欢乐追忆。

天上飘着细细的雪片，仿佛害羞的小姑娘轻轻吹拂情人的脸。细碎的雪花给我们一种温柔敦厚的感觉。

写雪写得非常脱俗，且富于想象力。最后她写道：

人世会有变化,形体也会老去,但山是永恒的。只要山存在着一天,我们就能再度征服她。

是她一贯的在文末带哲思的领悟。

我只就所看到的篇章拉杂写些感想,其他各篇,值得激赏之处必多。相信本书问世以后,一定会拥有广大的读者吧!

在异乡客地,最大的欣慰是阅读文友们自台湾寄来的新著。读老友著述,感到快如觌面;读年轻朋友的作品,除了感谢他(她)们不遗在远之外,更全心祝福他(她)们在写作方面前程似锦。

写于新泽西

关心芳草浅深难

三四年前，以玉①应中华文化中心之邀来纽约"台北画廊"举办个展时，我曾前往观赏。我不谙艺事，仅能做一个全外行的观摩者，只觉得以玉的毫端所滴落的水墨与色彩，充溢了她奔放的才情与智慧。

我一直很喜欢宋人的两句词："逗雨疏花浓淡改，关心芳草浅深难。"②写出了诗人对大自然山川草木万千变化的感受。以玉是画家，也是诗人，因此她敏锐的感觉于诗与画中同时流泻而出，捕捉了瞬息万变的美，使之常驻，并与别人分享。

已故的许芥昱教授③在《卓以玉的诗画世界》一文中说："她挥动的那支笔看来似乎比她的手沉重，笔下的纸也似乎承受不起那雄健的笔触和笔上丰盈的水墨和水彩……"我想那

---

① 美籍华裔艺术家，出身世家。作品有传记《天天天蓝》等。
② 出自清代纳兰性德《浣溪纱》。
③ 翻译家、教育家，生于四川成都，长居海外。

一份沉重大概就是一个"情"字吧。

文学与艺术,其原动力本来就是一个"情"字。不知人间情是何物的人,不足以与谈诗论画。徒有情而不知以理驭之者,亦不足以与论诗画之境界。以玉的诗与画,时而奔放为万顷波涛,时而温柔似十三女儿。收放之间,正见其以理驭情的功夫。

这是因为她一面受西洋艺术文学的洗礼,一面沉潜于中国古典文学,深谙老庄哲理,于不断的承受与融会中,创造了她自己的风格。

去年秋间,我因事去洛杉矶。承以玉坚邀,去圣地亚哥作一昼夜的盘旋。我们于畅游动物园之后,晚间一一展读她的诗篇,才真正接触到她的另一支彩笔,那是以玉以文字画出来的诗,以诗画出来的画。

我对新诗是门外汉,但她的诗是从古典里走出来的,所以我仍能捕捉她的灵感。她说:"中国诗自古以来是最富感情的。它像一面镜子似的照出了我国的文化。"我因而欣赏了她数首最富感情的诗。

她融会了西洋诗的排列技法与古典诗的音韵,再灌注以含蓄却浓烈的感情、深远却平易的哲理。呈现出一副崭新的面貌,读来韵味无穷。

且来欣赏她脍炙人口的一首《上了你瘾》。

酒不喝／烟亦不抽／山抹微云／依你膝畔／闰日闰月／尚嫌短／上了你瘾

朝朝暮暮／暮暮朝朝／日日月月／月月日日／心头陶

醉与激荡／醉如痴仙／醉如痴仙／上了你瘾／上了你瘾／上了你——瘾

婉转的韵律，缠绵的情意，是古典的，也是现代的。听说此诗已由名家谱曲。

再读她描写日月潭的一首：

青山、老松、圣寺、晨钟／碧湖、嫩草、田野、鸣虫／云破山移／雨打湖面／酒窝儿／一圈圈／一圈圈／不见了风

于洒脱自然中见凝练之美。

最见功力的一首《我要回来》，是为悼念亡友许芥昱教授而作的。无限悲痛、万重无奈，都在那一声声、一句句的"我要回来"之中，因诗长不能再引。

以玉为庆贺慈母八十大寿，特整理诗篇，结集出版，献给母亲祝寿，即题集名为《献给母亲》。她的一份孝思，想慈爱的母亲定将颔首微笑，以爱女的才情为慰吧！

文与情

赞美别人文章好，常说"情文并茂"，我却认为情比文更为重要。若是内心没有那份不能已于言的情，而只在文字上铺陈以卖弄技巧，虽然雕绘满眼，仍旧空疏无物。梅圣俞说："文不足以入人，所以入人者，情也。气积而文昌，情深而文挚，气昌而情挚，天下之至文也。"① 我国六朝骈文极华丽工巧之能事，在文学史上自有不朽的地位。但在感动人心的程度上，总不及《诗经》《离骚》及唐宋古文、诗词之深。

韩愈的文，喜用诘屈聱牙的僻字。到晚年自谓"艰穷怪变得，往往造平淡"，渐渐走上平易之路。他早岁的一首《终南山》诗，篇中有数不尽的草、木、山、石等部首的字，被时人讥为"类书"，其效果反不及他好友孟东野的两句诗：

---

① 出自清代章学诚《文史通义》，也收入东方树《昭昧詹言》。

"南山塞天地，日月石上生。"① 显得更鲜明生动。因为前者是着意地铺陈，只能以文胜；后者是直接的感受，好在以情胜。又如庾子山的《哀江南赋》，真可称得情文并茂，因为他确实是有感于劫后江南的哀痛而写的。但比起杜甫的《北征》长诗，写一路流亡、目击哀鸿遍野的凄凉情景，前者仍显得着意雕琢了。可见华丽的文字有时可以烘托情，有时反而会减弱了情。

无论诗或词，我都比较欣赏白描的、以情寄景、以景寓情之句。比如辛弃疾的名句："我见君来，顿觉吾庐，溪山美哉。"② 以大白话说出对朋友无限欢迎之情，溪山之美自不必费辞说明了。又如王碧山的词，一向以沉咽含蓄著称，有两句词："纵飘零，满院杨花，犹是春前。"③ 暗喻国步虽艰难，而仍大有可为。满腔爱国热忱，都寄托在短短词意之中。若比起纳兰的"一种蛾眉，下弦不似初弦好"④，前者是乐观的，后者是悲观的，却都是以眼前景物寄托内心无限感触。二者之所以都能如此感人，就是因为作者以平易浅近的文字写出最委婉曲折的情怀。所以我认为若要文情并茂，其实是情要浓重，文要疏淡，才不致以辞害意。

再举个例子。杜甫有两句诗："卷帘残月影，高枕远江声。"⑤ 十个最最浅近的字，初读时只觉平淡无奇。再细细品

---

① 出自孟郊《游终南山》。
② 出自辛弃疾《沁园春》。
③ 出自宋代王沂孙《高阳台》。
④ 出自纳兰性德《点绛唇》。
⑤ 出自杜甫《客夜》。

味，就悟出平淡中的无限深意都包含在"残"和"远"两个浅浅的字眼中。这两个字就是诗眼。若以"望"易"残"字，以"听"易"远"字，就索然无味了。因为"残"显示出月的形象，残缺的月象征离人的心；"远"表示远处的江水声都听到了，可见离人深夜不寐，愁绪万千。这两句诗，文字虽浅而实深，感情虽淡而实浓，看去没有丝毫雕琢，却是千锤百炼而出，正是情胜于文的明证。

囊中一卷放翁诗

陆游，这位自号放翁、吟诗万首的南宋第一大诗人，其实也是一位大词人。只是他作的词，数量只有诗的百分之一，虽然首首都是明珠翠羽的精心杰作，而词名终为诗名所掩。世人且有认为他的词不及诗的，实非持平之论。

《渭南集》中仅仅收了他二百三十首词，他在自序中说："予少年汩于流俗，颇有所为，晚而悔之。然渔歌菱唱，犹不能止。今绝笔已数年，念旧作终不可掩，因书其首，以志吾过。"作此序时，他是六十五岁，竟已停止作词，认为词是流俗且后悔少年时作词。只因不能割爱而收入集中，以纪念自己的"过错"。可见连他自己都不重视词，无怪后人忽略他的词了。

这种矛盾心理，我想原因有二：

其一是宋朝士大夫冶游之风甚盛，在歌台舞榭、酒酣耳热之际与歌姬们吟唱而作的词，都被认为不登大雅。即使很满意，也不便表示重视。只有像柳永那样与做官无缘的人才大模大样地浅斟低唱,自称"奉旨填词"。事实上,这些不登大雅的"小调"才最足以见真性情,反映真实生活。陆游幸得留下这小部分自认为"流俗"的词作,否则我们只能从他九千余首诗中体认他满腔爱国复国的热忱和晚年的豁达胸怀,而难以全面了解他一生千波万浪的感情生活了。

之二想来是由于痛苦的爱情波折。因为绵丽的词最容易勾起万缕千丝的旧恨。为了忘情,为了不愿追怀那份残缺的爱,索性不再作词了。这也同清朝的吴苹香"扫除文字,虔心奉道"是一样心情吧,因此他晚年"百无聊赖以诗鸣",其实是伤心人别有怀抱。

提起他的诗,无人不记得那首满腔忠愤的绝笔《示儿诗》;提起他的词,无人不知那首缠绵凄恻的《钗头凤》。为了体认他的爱国情操与毕生对爱情的坚贞,让我们先来欣赏他的另一首小令《卜算子》。

驿外断桥边,寂寞开无主。已是黄昏独自愁,更着风和雨。 无意苦争春,一任群芳妒。零落成泥碾作尘,只有香如故。

一树梅花,不在名园金屋之中,而开放在荒僻的驿站外,断桥边,当然是寂寞的、无主的。但这份寂寞是自甘的,无主也正是一身无牵挂吧。已是黄昏,更兼风雨,极力渲染迷蒙气氛,也渲染了更深的愁。风雨也是暗喻国家多难。但梅花是孤高的,宁可寂寞,也不与群芳争艳。纵然零落成泥,被碾成尘土,而幽香如故。

论者谓"末句想见劲节"。岂止是末句，全首词虽写梅而句句是作者自况，这是咏物词"有寄托入，无寄托出"①的最高技巧表现。放翁擅长于把身世之感与满腔孤忠糅入眼前景色之中，而出之以含蓄婉转之笔。这是他在词方面所表现出来的与诗风截然不同处，也是功夫独到处。

杨慎《词品》说陆游词"纤丽处似淮海，雄慨处似东坡"，其实他无意摹仿前人。就此词论，已摆脱少游的绵丽了。

此词可说是他一生坎坷际遇的写照，也是他终身矢志不渝的自白。比起他另一首咏梅词的两句"一个飘零身世，十分冷淡心肠"②，委婉含蓄得多了。他因恢复中原的壮志不得酬，少年时代的爱情又似昙花一现。终其一生，他是寂寞的、孤单的。他的一万首诗，是寂寞孤单中的呐喊。他自比梅花，愿孤芳永留人间，正表示他对生命的热爱，对人世的关怀。

苏东坡也有一首传诵千古的《卜算子》。陈廷焯《白雨斋词话》认为放翁的这首词比起东坡的那一首，"相距不可以道里计"。这样的批评是有欠公平的。为了欣赏与比较的方便，将东坡的《卜算子》也引录如下：

> 缺月挂疏桐，漏断人初静。谁见幽人独往来，缥渺孤鸿影。　　惊起却回头，有恨无人省。拣尽寒枝不肯栖，寂寞沙洲冷。

---

① 出自清代周济《介存斋论词杂著》。
② 出自陆游《朝中措》。

这是东坡贬黄州时所作。首二句写寂静的夜,"谁见"是疑问口气,强调了幽人的孤独。下阕点明了幽人的恨。恨无知音,宁愿如孤鸿般地,栖息在冷清的沙洲。连寒枝都不肯停留,显得幽人是何等执拗!

细味二词,格调相似,正因二人心境相同。放翁写梅,东坡写鸿,写幽人(据说此词是写关盼盼①,另有寄托)。放翁是一开始就点明"寂寞",东坡是最后才说出"寂寞",却都无损于全首的浑成。一个是写风雨黄昏,一个是写残月深更,都是一份逼人的寒冷。感觉上的寒冷,表示心情的孤寂落寞。但放翁在全首词中没有着一"恨"字,东坡却点明了"有恨无人省",且在短短一首词中有三个"人"字,也由于东坡才高,常无暇于细小处用心。无论如何,此二词都是千古伤心人的绝唱,原是无分轩轾的。

陈廷焯论词好作惊人之笔,常失之公允。当年夏瞿禅恩师曾批评陈"勇于立论,而疏于考核"。这话是相当中肯的。

欣赏了这两首词,再来简述放翁的身世与一生坎坷遭遇,然后再欣赏他的几首名作。

放翁名游,字务观,放翁是他的别号。据说他母亲在生他前夕,梦见北宋词人秦少游,因而以少游的名字"观"为他的字,以"游"为他的名。果真如此的话,陆游之母也是雅人,后来何以逼儿子与娴静谙诗文的儿媳离异呢?

陆游是浙江山阴(绍兴)人,生于宣和七年,亦即北宋

---

① 唐代名伎,工部尚书张愔妾,张愔死后,独居燕子楼。

徽宗在位的最后一年。他父亲原在京城为官，但金人大举南侵，节节进逼，不得不举家南迁，所以他不到两岁就过着逃亡生活。成长中，眼看金人铁骑蹂躏，人民遭受洗劫。汴京陷落后，宋室南迁，他随双亲回到江南故乡，那时他才十岁光景。后来他在为友人奏稿写的序中说："先君归山阴，一时贤公卿与先君游者，言及靖康北狩，无不流涕哀恸。"又云："绍兴中，士大夫言及国事，无不痛哭，人人思杀贼。"① 可见他童年时就深深感染了长辈们激昂的情绪，也深深体会到国破家亡的痛苦。

他的仕途是很不顺利的。二十岁第一次考试，原已被署为第一，正逢权臣秦桧之子落在他后面。秦桧大怒，差点连考试官都没了命。因此在秦桧当权之日，他就永无扬眉吐气的机会了，于是郁郁地回到故乡，潜心读书。他原是家学渊源，藏书至多，因自号书斋为"书巢"。朋友来访，绕来绕去全是书，走进去都走不出来，宾主相顾大笑。

他安贫守拙地过着淡泊的耕读生活，直至秦桧死去，他已三十多岁，才出任区区的县主簿。四年后孝宗即位，继高宗有北伐恢复中原之志，非常赏识放翁的才华。召见后觉得他立论剀切，赐他进士出身，这是他一生最得意的时刻。但因他爱国心切，往往直言进谏，触怒了孝宗，被贬为镇江通判，这是第二次的打击。嗣后上上下下，自三十四岁至七十九岁，宦海浮沉四十多年，遭逢了无数拂逆。家业在金兵侵犯中荡然，日子过得非常艰苦。他说："衣穿听露肘，履

---

① 出自陆游《跋周侍郎奏稿》。

破从见指。"① "弊袍生虮虱，粗饭杂泥沙。"②他都安之若素。在青山环抱的浙东名胜之地鉴湖三山，他总算过了一段安定日子。他非常高兴地建起茅屋三间，名之曰"烟艇"，特地写了一篇"记"："虽坐容膝之室，而常若顺流放棹，瞬息千里者，则安知此室果非烟艇也哉！"③可见他的自得其乐。

在四川时，他与范成大诗文往来，相知甚深。别人骂他放纵不拘礼法，他就索性自号放翁，说是"拜赐头衔号放翁。"还给范成大写了一首诗：

名姓已甘黄纸外，光阴全付绿樽中。
门前剥啄谁相觅，贺我今年号放翁。④

他前后五次被罢官。在官场，他已榜上无名，还有什么可顾忌的？他自号放翁时是五十一岁，曾作了一首自贺的词："桥如虹，水如空。一叶飘然烟雨中，天教称放翁。"⑤

如此一位淡泊的老诗翁，却因为替权臣韩侂胄写过《南园记》与《阅古泉记》，竟为当时清议所讥，认为他有亏晚节。这实在是冤枉他的。

此事的原委，据说是放翁的两句诗"小楼一夜听春雨，深巷明朝卖杏花"⑥为韩侂胄所欣赏，因此邀请他写两篇文

---

① 出自陆游《送子龙赴吉州掾》。
② 出自陆游《贫叹》。
③ 出自陆游《烟艇记》。
④ 出自陆游《和范待制秋兴》。
⑤ 出自陆游《长相思》。
⑥ 出自陆游《临安春雨初霁》。

章。其实以放翁古稀之年，何至附权臣以图富贵？他之所以答应暂为韩门宾客，实在只因韩侂胄有恢复中原之议，并曾向皇上提出具体的伐金之议，此文还有可能是放翁代拟的。他满腔复国的热忱，不免寄望在韩侂胄身上。他哪里知道韩侂胄只是想急急立功以自重呢？可惜伐金失败，金人恨韩入骨，要了他的首级，这能算是放翁的过失吗？况他在《南园记》中还隐隐寓有劝谕之意。文中说："天下知公之功（指拥立之功）而不知公之志（指恢复中原之志），知上之倚公而不知公之自处（指将恢复中原之计）。"

足见他对韩是抱着很大希望的。尤其韩侂胄是名臣韩琦之后，放翁对忠臣的后代不免有一番希望。可惜希望破灭了，韩固死有余辜，却不能不为放翁叫屈。

他晚年虽曾一度再出，却只为奉诏修孝宗、光宗两朝实录，职责只在文字。史事完成，即辞官归去。赵瓯北说他"进退绰绰，本无可议"①。于此可见才高者出处进退之难，无怪他故意以自嘲的笔调潇洒地吟："衣上征尘杂酒痕，远游无处不销魂。此身合是诗人未？细雨骑驴入剑门。"②问自己是否够格做诗人。不做诗人，还能干什么呢？

他归隐后，读书吟诗以自遣。典籍中，他最爱的是《诗经》《周易》。他说："我读豳风七月篇，圣贤事事在陈编。……吾曹所学非章句，白发青灯一泫然。"③认为读诗当身体力行，不只在文字上下功夫。又说："净扫东窗读周易，笑人投老欲

---

① 出自赵翼《瓯北诗话》。
② 出自陆游《剑门道中遇微雨》。
③ 出自陆游《读豳诗》。

依僧。"① 从周易中悟出养生之道,是不必遁迹空门的。

他不但读《周易》,更读道家书、兵书。他又炼丹,学剑,有"刺虎腾身万目前,白袍溅血尚依然""十年学剑勇成癖,腾身一上三千尺"②的豪语。这不是夸张,也不是好大喜功,实由于一腔驱除强虏、恢复山河的壮志,故不愿书剑飘零。可是时人又有讽他学道求仙,非儒生所应为,这也是对他的苛求。幸得他学易学道,所以能恬然自适,得终天年。看他于《周易》是深深体悟出一番健身要诀的。他说"老喜杜门常谢客,病惟读易不迎医。"③"床头周易真良药,不是书生强自宽。"④ 今人有学易的,常走入命相之途,何不多读读放翁诗呢!

归田后,他虽仍满怀壮志,却再不谈国事,心情也渐趋平静,自谓"闭门种菜英雄老,弹铗思鱼富贵迟"⑤。终日竹杖芒鞋啸傲山水,口渴时就用几文杖头钱买一壶酒,陶然而醉地吟起"先生醉后即高歌,千古英雄奈我何。花底一壶天所畀,不曾饮尽不曾多"⑥。

他因学道练剑,故健康情形良好,八十一岁时还说:"已迫九龄身愈健,熟观万卷眼犹明。"⑦ 只是朋友寥落,有时不免有落寞之感。赋起诗来,却又满纸辛酸了,例如《晚春感事》:"已为读书悲眼力,还因揽带叹腰围。亲朋半作荒郊冢,

---

①③ 出自陆游《读易》。
② 分别出自陆游《建安遣兴》《融州寄松纹剑》。
④ 出自陆游《叹老》。
⑤ 出自陆游《月下醉题》。
⑥ 出自陆游《一壶歌》。
⑦ 出自陆游《戏遣老怀》。

欲话初心泪满衣。"

时喜时悲，正显得老诗人的一派真情，毫无造作。

前文说过认为他作词少而作诗多，是由于不愿触摸少年时代刻骨铭心的伤痛。其实他在诗中的伤旧事也正多呢。为那一段绝望的爱情，他作了不少首诗。现在且来简单叙述一下他这段人尽皆知的伤心故事罢。

放翁娶的是表妹唐慧仙，因没有生育儿女，不能讨婆婆欢心。加以他们夫妻感情太好，引起寡母的妒忌。她把儿子的仕途不利都归罪到媳妇身上，认为她不鼓励丈夫进取，因此硬是棒打鸳鸯，拆散恩爱夫妻。起先，放翁还偷偷为她赁屋而居，终为老母所不容，只好黯然而别。慧仙后来改嫁赵士程。十年后，他们在禹迹寺南的沈园中意外相逢，赵士程还为他送来酒菜。放翁于怅触万状中赋一首《钗头凤》题于壁间：

红酥手，黄縢酒，满城春色宫墙柳。东风恶，欢情薄，一怀愁绪，几年离索。错！错！错！ 春如旧，人空瘦，泪痕红浥鲛绡透，桃花落，闲池阁。山盟犹在，锦书难托。莫，莫，莫！

据说慧仙看后，伤心地和了一首：

世情薄，人情恶，雨送黄昏花易落。晓风干，泪痕残，欲笺心事，独语斜阑。难，难，难！ 人成各，今非昨，病魂常似千秋索。角声寒，应阑珊，怕人寻问，咽泪装欢。瞒，瞒，瞒！

这首词也是情文并茂之作，但是否真为唐氏所作，或为后人拟作，已不可考。

唐氏不久郁郁而死。放翁六十八岁时重到沈园，见园已三易其主而壁上题诗尚在，乃怅然赋了一首诗：

> 枫叶初丹槲叶黄，河阳愁鬓怯新霜。
> 林亭旧感空回首，泉路凭谁说断肠。
> 坏壁醉题尘漠漠，断云幽梦事茫茫。
> 年来妄念消除尽，回首禅龛一炷香。①

他七十一岁居山阴鉴湖之三山，每回进城必登寺眺望，又引起无限旧恨，吟了两首绝句：

> 梦断香销四十年，沈园柳老不吹绵。
> 此身行作稽山土，犹吊遗踪一泫然。

> 城上斜阳画角哀，沈园无复旧池台。
> 伤心桥下春波绿，曾见惊鸿照影来。②

八十一岁，他梦游沈园，再作了两首：

---

① 诗名为《禹迹寺南有沈氏小园，四十年前，尝题小阕壁间，偶复一到，而园已易主，刻小阕于石，读之怅然》。
② 诗名为《沈园二首》。

路近城南已怕行，沈家园里最伤情。
香穿客袖梅花在，绿蘸寺前春水生。

城南小陌又逢春，只见梅花不见人。
玉骨久成泉下土，墨痕犹锁壁间尘。①

直到八十四岁，他辞世前的两年，仍不能忘沈园旧事，再赋一诗：

沈家园里花如锦，半是当年识放翁。
也信美人终作土，不堪幽梦太匆匆。②

尼采说："一切文学，我爱以血书者。"放翁一生怀着绝望的爱情，以斑斑血泪写下断肠诗句，所以能卓绝千古。

一个对爱情坚贞到底的人，对国家民族之爱也一定是执著到底的。在他的诗、词中，随处都流露出报国、复国的情操，甚至梦到收复失土而惊醒，如："三更抚枕忽大叫，梦中夺得松亭关。"③

《书愤》一诗，是他慷慨激昂的代表作之一，那时他已六十二岁了。

---

① 诗名为《十二月二日夜梦游沈氏园亭二首》。
② 诗名为《春游》。
③ 出自陆游《楼上醉书》。

> 早岁那知世事艰，中原北望气如山。
> 楼船夜雪瓜洲渡，铁骑秋风大散关。
> 塞上长城空自许，镜中衰鬓已先斑。
> 出师一表真名世，千载谁堪伯仲间。

他的一首《诉衷情》词，也吐露着同样悲愤的心声：

> 当年万里觅封侯，匹马戍梁州。关河梦断何处，尘暗旧貂裘。　　胡未灭，鬓先秋，泪空流。此生谁料，心在天山，身老沧州。

这样震撼人心魂的诗词，在他的《剑南诗稿》与《渭南词》集中俯拾即是。可是胡儿未灭，鬓发已苍，我们的诗人已垂垂老去。尽管他"一身报国有万死"，怎奈"双鬓向人无再青"①。在无可奈何中，他不得不强自宽慰地说："神仙须是闲人做。"②

在退隐归田岁月中，他倒着实过的是悠闲自在的神仙生活。他高兴地说"饱饭即知心事了，免官初觉此身闲"③。他喜欢睡，自称"睡翁"，大概睡也是忘忧法之一吧。他说："苔砌虫唧唧，霜林叶飕飕。是时一枕睡，不博万户侯。"④ 有一阕《破阵子》，可说是他山居生活的写照，此词的下阕是：

---

① 出自陆游《夜泊水村》。
② 出自陆游《蝶恋花》。
③ 出自陆游《饭保福》。
④ 出自陆游《睡乡》。

"幸有旗亭沽酒，何如茧纸题诗。幽谷云萝朝采药，静院轩窗夕对棋。不归真个痴。"李调元《雨村词话》赞此词"唤醒世间多少人"。可是在官场中有几人是唤得醒的呢！

他的诗可分激情、闲适二类，上文已略有引述。他的词则更加一份缠绵，容后再引几阕来仔细赏析。我尤其爱他晚年闲适之诗，益见得涵养性灵，自有一番深湛功夫，大概真已从痛苦中彻悟出来了。他有一首谈养生的诗："忿欲俱生一念中，圣贤本亦与人同。但须小忍便无事，吾道力行方有功。"[1] 此诗倒是十足宋诗味道。

"小忍"看似容易，却必须于力行中见功，放翁已经行所无事地做到了。他能够"呼僮不应自生火，待饭未来还读书"[2]，这与东坡的"敲门都不应，倚杖听江声"[3] 正是一样境界。他把人生看得很透彻地说："君能洗尽世间念，何处楼台无月明。"[4] 人还是随遇而安吧。但临终之时，他仍念念不忘中原的统一，而作了那首绝笔《示儿》诗：

死去原知万事空，但悲不见九州同。
王师北定中原日，家祭毋忘告乃翁。

后来蒙古人入主中原，中原总算是"统一"了，却又是怎样的统一呢？所以林景熙《书陆放翁卷后》诗云："青山一

---

[1] 出自陆游《自规》。
[2] 出自陆游《幽居遣怀》。
[3] 出自苏轼《临江仙》。
[4] 出自陆游《排闷》。

发愁蒙蒙,干戈况满天南东。来孙却见九州同,家祭如何告乃翁。"

又是何等地沉痛?

放翁诗源出江西诗派,曾师事江西诗派核心人物曾几。曾几对他十二分赏识,但他性情豪放,又富感情,喜爱李杜岑参苏辛少游的吟咏性灵,不能为理学诗所限。论者谓:"陆游虽从江西诗派入,独能力拔新奇生硬泥淖,辟出语挚情真蹊径,乃其鹤立之因,亦其自成一派之果。"可谓知放翁甚深。

他的诗,确实于空灵平易中见真情。他擅长写景,但能糅理于景,如一直为人所传诵的"山重水复疑无路,柳暗花明又一村""夜雨长深三尺水,晓寒留得一分花"[1]即是好例。写事更有无限情致,如"小楼一夜听春雨,深巷明朝卖杏花"。

读放翁诗不像读黄山谷诗那么"骨多肉少"地僵硬,总是在悠然洒脱中给你一份启示。

这也许是因为他熟读老庄。在他的全集中,读庄诗不下四十首,例如:"门无客至惟风月,案有书存但老庄。""手自扫除松菊径,身常枕籍老庄书。"[2]见得一派悠然。

老庄思想引领他回归自然,使他于做人作诗方面都一样地统一。他的诗看似平易,但在创作过程中实在是经过一番历练的。他在四十七岁追忆老师教导他的话:"律令合时方帖

---

[1] 分别出自陆游《游山西村》《春日小园杂赋》。
[2] 分别出自陆游《闲中》《自笑》。

妥，功夫深处却平夷。"① 但这"平夷"并非一般的平淡，正如退之说的"艰穷怪变得，往往造平淡"是从"艰穷怪变"中脱化出来的。他在六十八高龄时回忆自己学诗过程说："我昔学诗未有得，残余未免从人乞。"② "从人乞"就是摹仿。摹仿时期，总不免雕绘满眼。突破这一阶段，才渐入平夷，然后自创风格，卓然成家。所以在八十四岁时，他才告诉儿子说："我初学诗日，但欲工藻绘。中年始少悟，渐若窥宏大。"③ "藻绘"就是在文字上耍技巧。自"藻绘"至"宏大"是要经过一番省思与历练的，但他的措辞是何等谦冲。

他工律诗，沉郁之笔如"十年尘土青衫色，万里江山画角声。零落亲朋劳远梦，凄凉乡社负归耕"④，可直追杜甫。而洒脱之笔，又近渊明，例如"百钱新买绿蓑衣，不羡黄金带十围。枯柳坡头风雨急，凭谁画我荷锄归"⑤。他非常喜爱陶诗，说"细读养生主，长歌归去来"⑥"卧读陶诗未终卷，又乘微雨去锄瓜"⑦，那份闲适的田园生活，想是今日奔波于十丈软红中的人所无从梦想的吧！

诗评家赞他的诗"每说处必有兴会，有意味，绝无鼓衰力竭之态"，说得极是。刘后村称他是"南渡以下，当为第一

---

① 出自陆游《追怀曾文清公呈赵教授赵近尝示诗》。
② 出自陆游《九月一日夜读诗稿有感走笔作歌》。
③ 出自陆游《示子遹》。
④ 出自陆游《晚晴闻角有感》。
⑤ 出自陆游《蔬圃绝句》。
⑥ 出自陆游《书适》。
⑦ 出自陆游《小园四首》。

大家"①，不算过誉。清赵瓯北对他尤为心折，说他"一万余首，每一首必有一意，凡一草一木，一鱼一鸟，无不裁剪入诗。是一万首即有一万大意，又有四万小意，自非才思灵拔，功力精勤，何以得此？信古来诗人未有之奇也"②。又赞云："各章俊句，层见叠出""意在笔先，力透纸背，有丽语而无险语，有艳词而无淫词。看似笔藻，其实雅洁，看似奔放，其实谨严"。

"有丽语而无险语，有艳词而无淫词"，格外值得今日年轻作家们深思。我国文学自《诗》《骚》以下，是一贯地含蓄蕴藉。此种精髓，实当于现代文学中予以发扬光大，以见我中华民族文学上的特色。不当一味以"险语""奇笔"乃至"淫词"相炫耀，而自贬文格。此等不堪入目之作，一旦充斥、破坏可贵的文学传统，危害青年身心健康，其祸患将伊于胡底？此是题外话，但愿借此一吐耳。

放翁晚年几乎一日一诗，虽多浅易如白话，但"浅中有深，平中有奇"③（刘熙载语），且多出诸性灵。正如他自己说的"文章本天成，妙手偶得之"④。但他删诗标准仍严，早期作品只收九十四首。词则首首是明珠翠羽，不可以"量"定优劣。他的作品，可分激情的、闲适的与绮丽的三类。绮丽的都属词，也只有词才能表达他心灵深处的秘密，那是他个人内心的独白。他的诗之所以走平易之路，想来是他愿以

---

① 出自南宋刘克庄《后村诗话》。
② 出自清代赵翼《瓯北诗话》。
③ 出自清代刘熙载《诗概》。
④ 出自陆游《文章》。

"诗"淡化浓愁,也是为了一腔复国热忱,愿唤起国人的觉醒与共鸣吧!

后世赞美放翁诗的很多,最为国人所熟悉的是梁任公的四首《读放翁集》,最为人熟知的一首是:"诗界千年靡靡风,兵魂销尽国魂空。集中什九从军乐,亘古男儿一放翁。"足见对他的推崇。

夏承焘恩师也曾有绝句题剑南诗稿:"许国千篇百涕零,孤村僵卧若为情。放翁梦境我能说,大散关头铁骑声。"(第二句是指放翁诗"僵卧孤村不自哀,尚思为国戍轮台"之句。"梦境"指"三更抚枕忽大叫,梦中夺得松亭关。""大散关"在陕西宝鸡县西南,为宋金交战重要关隘。放翁的"铁骑秋风大散关"之句,已见前引《书愤》一诗。)

钱锺书引《随园诗话》评放翁与杨诚斋都是江河万古,钱则认为"放翁善写景,而诚斋擅写生。放翁如画图之工笔,诚斋如摄影之快镜"①。此话想来只就大体而言。放翁诗"工笔"之处,一定是得力于杜甫,若移钱此语评他的词,反而更恰当。

现在让我们来谈谈他的词吧!

前文已说过,他六十五岁以后即不再作词,那么词最足以表现他少年时代的悲欢和中年时代的哀乐了。

他的词也分慷慨激昂、儿女情长与闲适洒脱三类。《钗头凤》是他爱情生活的代表作(原词已见前文,兹不再引)。

该词首二句是慧仙以红酥手端了黄縢酒给他,鲜明的颜

---

① 出自钱锺书《谈艺录》。

色应当是欢乐的，而此时却是"相见争如不见"的悲伤。当时情景，勾起往日同样情景的回忆，二者交错，今昔之感尤令他痛心。"宫墙柳"是飘摇的，可能是眼前景色，可能是暗喻慧仙改适，他人手攀折。"东风恶"是恶劣环境，造成分离。由于悔恨之极，连下三个"错"字。究是谁的错呢？"春如旧"二句是写眼前的情人虽美艳如昔，却已瘦了。滴滴粉泪，把手帕湿透了。"鲛绡"是美人鱼在水中所织的丝帕。"桃花落，闲池阁"是说家中一切都黯然无光。与唐氏通信是不可能之事，故说"锦书难托"。最后再来三叠字"莫、莫、莫"，决绝地说"别再相思了"，其实是"不思量，自难忘"。正如古诗里"从今而后，不复相思，相思与君绝"。

前文引过的一首《诉衷情》是慷慨激昂的，现在引一首缠绵凄婉的小令《蝶恋花》：

> 水漾萍根风卷絮，倩笑娇颦，忍记逢迎处。只有梦魂能再遇，堪嗟梦不由人做。　　梦若由人何处去，短帽轻衫，夜夜眉州路。不怕银缸深绣户，只愁风断青衣渡。

这是追忆当年欢乐情景，不可再得，只有希望在梦中能再相逢，偏偏连梦也不由人做，所谓"梦也梦也，梦不到，寒水空流"①，正是一样凄凉。下阕说即使梦由人做，即使能青衫短帽与情人重聚，愁的是好景难长，银缸绣户，转眼被

---

① 出自宋代蒋捷《梅花引》。

无情风吹断。一枕梦回,只有愁上加愁。

梦不由人做主,坎坷的命运也不由人做主。放翁再三叹息:"三十年间,无处无遗恨。天若有情终欲问,忍教霜点相思鬓。"①

尽管他对唐慧仙的情剪不断,理还乱,也总有洒脱之时。现在来看他一首洒脱的《鹊桥仙》:

华灯纵博,雕鞍驰射,谁记当年豪举。酒徒一半取封侯,独去作,江边渔父。　　轻舟八尺,低篷三扇,点断苹洲烟雨。镜湖元自属闲人,又何必,官家赐予。

首二句是描写当年任情作乐,博弈、骑马、射击。这些豪举,都成过去。"酒徒"是讽刺官场逐利之人,自己是决心去做江边渔父了。下阕描写退隐山居后的逍遥岁月。他以"轻舟""低篷""苹洲烟雨"与上阕"华灯""雕鞍"相对比,由繁华趋于恬淡,由急骤的马换了缓慢的轻舟,表现他的心路历程。

最后说镜湖是风光好的幽居之地,人人都有资格来往,不似官场的"寸土必争",更不必官家允许才能住。

全首词是豁达、潇洒,但也隐隐有一份牢骚。正是"元知造物心肠别,老却英雄似等闲"②也。

再来引一首沉郁的《鹊桥仙》:

---

① 出自陆游《蝶恋花·离小益作》。
② 出自陆游《鹧鸪天》。

茅檐人静，莲窗灯暗，春晚连江风雨。林莺巢燕总无声，但月夜，常啼杜宇。　催成清泪，惊残孤梦，又拣深枝飞去。故山犹自不堪听，况半世，飘摇羁旅。

这也是他的代表作之一。写的是杜鹃，比拟的是自己倒颇似东坡《卜算子》的凄婉。

首三句写夜景，雨暗灯昏，连莺燕都栖息无声了，却听到凄清杜宇的啼声。先极力渲染气氛的凄冷，下阕才点出一个"孤"字。这只孤单的杜宇，拣深枝更寂静之处飞去了。最后二句转到"人"，一个深夜不寐的愁人，即使在故乡听了这样的啼声都会肠断，何况是客居异地呢？更何况在飘零了半世的客居中呢？

放翁极擅长写景，现举一首《好事近》(登梅仙山绝顶望海)为例。

挥袖上西峰，孤绝去天无尺。拄杖下临鲸海，数烟帆历历。　贪看云气舞青鸾，归路已将夕。多谢半山松吹，解殷勤留客。

以词为游记，可直追东坡。而最后二句的蕴藉，尤胜东坡。全首写景，一二句是仰望天空，下二句是俯瞰大海，有如摄影名家，将眼前景色，全部摄入镜头。下阕将心境与景象相糅合，因贪看雄伟奇景，不觉日已云暮。在倦游的疲累中，忽又转入一个有情世界："谢半山松吹，解殷勤留客"。

便是他以有情的心眼望山川树木，山川树木也报之以情，它们懂得殷勤留客。一个"谢"字与一个"解"字，正是人与大自然的息息相关。非豁达如放翁者，不能有此奇笔。着此二句，全首词都活了，读者也随着他深入其境了。

诗人都善用"解"字，使景物人格化，使情景更鲜活。例如辛弃疾的"画梁燕子双双，能言能语，不解说，相思一句"[①]，是抱怨燕子的"不解"，其实是知道它"能解"。晏殊的"垂杨只解惹春风，何曾系得行人住"[②]抱怨垂杨的"解"，其实是怪他"不解"。都是把燕子与树当人看待，把人与景物融为一体。

像这样委婉的句子，真如王国维《人间词话》中说的："要眇宜修，能言诗之所不能言，而不能尽言诗之所能言。"其实不是"不能"，而是"不欲"。为了含蓄，不欲尽言也。

欣赏这几首诗词之后，再来体味一下：放翁之所以为放翁，"放"，当然是放浪形骸、不拘小节之意。一个多情的诗人，坚贞的志士，在他八十六年的漫长人生中，总也不免有一些风流韵事。这正如东坡与名伎琴操、朝云交往，是无损于他的名节的。

从他的《剑南诗稿》看来，放翁与夫人王氏是貌合神离的。因为在全集中，没有一首诗记述王氏以及鹣鲽之情（连逼他离异的母亲，也不提）。词集中更不必说，从没一首像东坡《江城子》那样"十年生死两茫茫，不思量，自难忘"的

---

① 出自宋代辛弃疾《祝英台近·绿杨堤》。
② 出自宋代晏殊《踏莎行·细草愁烟》。

词。只在王氏去世后,他《自伤》诗中有两句"白头老鳏哭空堂,不独悼死亦自伤"。一生冷淡妻子,也只"自伤"而已。我们设身处地为王氏想,她随放翁数十年,吃了不少苦,患难夫妻受冷落,原也是很不公平的。怎奈放翁难忘第一次婚姻的打击,反倒有时会逢场作戏,以自宽慰,也不能算是他的白璧之瑕吧!

据传说,他有一次投宿驿馆,看到壁上有女性笔迹题诗:"玉阶寒窣闹清夜,金井梧桐辞故枝。一枕凄凉眠不得,呼灯起作感秋诗。"他惊问是谁人手笔,知是驿馆主人女儿的。寂寞的旅人对此妙龄少女不免动了心而纳之为妾,带回后却为王氏夫人所不容。女孩又作了一首《卜算子》:"只知眉上愁,不识愁来路。窗外有芭蕉,阵阵黄昏雨。晓起理残妆,整顿教愁去。不合画春山,依旧留愁住。"留愁住而留不得人住,她终于黯然而别。

如果真有此事的话,又将在放翁心上刻下新的伤痕,但又如何能怪王氏夫人呢?想来这段故事可能是好事者所附会。在当时,落魄文士常有壁上题诗之事,也许有人同情放翁与唐氏的婚姻,故意编织了一段故事,把王氏描写成妒妇,也未可知。为了保持放翁对爱情坚贞的印象,相信很多人宁可信此事无而不愿信其有。

无论如何,放翁对唐慧仙始终不能忘情。在他六十三岁时,有两首《菊枕诗》:

采得黄花作枕囊,曲屏深幌閟幽香。
唤回四十三年梦,灯暗无人说断肠。

少日曾题菊枕诗,囊编残稿锁蛛丝。
人间万事消磨尽,只有清香似旧时。

他在二十岁新婚时曾作过一首《菊枕诗》,但此诗竟未收入诗集中。难道是"刻意忘情却不能"吗?

情、情,"问世间,情为何物,直教生死相许"[①]?

放翁活到八十六岁高龄辞世。人谓其"老尚多情或寿征"[②]。但多情总是自苦,我想放翁之高寿,不是由于多情,而是由于他的"放"字。他还在一首《放翁》诗中说:"问年已过从心后,遇境但行无事中。"七十岁以后,他真个能行所无事了。

写至此,不由想起当年夏瞿禅恩师勉诸生的两句诗来:"得失荣枯门外事,囊中一卷放翁诗。"

即以此句为本文作结吧!

1986年6月11日于纽约

---

① 出自元代元好问《摸鱼儿·雁丘词》。
② 出自清代袁枚《随园诗话》。

一棵坚韧的马兰草

——谈谈《马兰的故事》所显示的道德情操

《马兰的故事》原名《马兰自传》,是潘人木三十多年前继《莲漪表妹》之后的第二部长篇小说力作。二书都由作者用心改写,由纯文学出版社先后于1985年1月与1987年12月以崭新面貌问世,使这两部极具时代意义的好书不致埋没,实为万千读者之幸。

《马兰的故事》的时代背景是从1927年"9·18"以前,到八年抗战,到1949年的这段时间。内容是马兰自八岁至三十岁左右从沈阳、台安而北平而台湾,二十多年中所受战乱流离之苦,加上不幸的婚姻挣扎,更包含了一段出人意表、催人热泪的亲情故事。

初读时,我仿佛在读一部曲折的奇情小说,为马兰的遭遇而不平,为她对父母的孝心和包容恶人的爱心而感动,乃至哀乐难以自主。心潮起伏中,读毕全书,稍稍平静一段时间以后，再用手指点着，一字不漏地从头细读。我除了激赏作者将智能、才情灌注于本书而创造艺术价值之外，尤不能不赞佩她那份崇高的道德情操。

我认为作品所显示的道德情操比技巧更为重要，因为一部真正好的小说不只以情节取胜，引读者的好奇心或哭与笑，而是使人透过情节和书中人的一言一行，反复深思那意到笔不到的含义而永远难忘。至于对其千锤百炼的文字功力之欣赏，自是不在话下了。

我不是文学评论家，不会引用文学理论来品评一部小说。我相信一位诚恳的小说家一定是由于胸中有一股"不能已于言"的热忱而不得不写，绝不是为要表现文学主张而写。因不卖弄技巧而技巧自在其中，故无需依傍什么文学理论来予以诠释。因此，我只就个人细读本书的心得感想，随笔写来，期能与同文分享。

先将《马兰的故事》的内容作介绍：

马兰的父亲程坚带着妻儿从沈阳到台安县就任县衙门承审之职。他因心中不愉快，将气出在幼女马兰身上，怪她出生年月不利。给她取名马兰，表示她像马兰草似的无足轻重。

马兰天性淳厚善良，孝敬父母，友爱姐弟，虽受尽严父责骂和两个姐姐的捉弄而毫无怨尤。她还尽量想讨父亲喜欢，愿代慈母分忧分劳。

他们在大虎山下火车换乘篷车去台安，赶车的郑大海是个讲义气爱国的江湖人物，当过五天土匪，立刻改邪归正。他同程坚一路上谈成好友，到台安后，程家就在郑大海家中住下，一住两年。小儿不幸夭折，县长太太乃邀程家搬进县衙门居住。马兰因而常去监狱玩耍，发现狱中有个凶狠的死囚李秃子。也认识了大家都喊他"小日本鬼"的林金木，马兰一见他就觉得他像是她的弟弟，因相互扔接一把作废的大钥匙而成了好友。马兰发现他颈下吊着香包小老虎，他说要遵守逝世父亲之命，到二十岁时才能打开。这事在马兰心中一直是个疑团。有了金木的手足之情，马兰不再感到孤单寂寞了。

两个姐姐进省城升学后不久，马兰也到县城小学读书。同学中有个万同，还有个骑了"雪里红"马来上学的县长儿子黄礼春。

不久，监狱发生暴动，原来就是死囚李秃子和黄礼春等勾结，里应外合。李秃子越狱逃亡，遗下无穷后患。

马兰奉父命与黄礼春订婚，注定婚姻不幸。

守法的程坚因妻子种大烟，引咎辞职，一家搬出县衙门，住回郑大海家。不久，婶婶也接马兰去沈阳升学，她与金木从此分别，互赠礼物以留纪念。

"9·18"事变，日军占领沈阳。马兰离校返家探母，与病危母亲谈话，才知自己身世。

日军大举侵犯东北后，部分散兵与百姓组成抗日游击队。郑大海任裕民军第八大队长，马兰任自卫团小老师。李秃子竟当了巡查。

马兰与礼春匆匆成婚，春父命二人同去北平升学，马兰却从此受尽折磨。礼春不许她入学，又偷去她的钱。她只好卖报维生，因劳累过度而小产，赖邻居赵教授和万同的照顾，幸免于死。

李秃子又来控制礼春，要他参加反政府的学生游行，继而指使他远去南京，丢下马兰不顾。

"7·7"事变，万同护送马兰去南京。到天津时，他不幸被日军所捕，马兰只得折回北平。幸她父赶来探望，父女重逢，悲喜交集。

马兰继续求学，毕业后教书。马兰在台北乡间当小学老师，礼春在某单位工作。两月后产子小复。不久巧遇万同，喜出望外，即托他打听林金木下落。

由于万同的协助，马兰终于见到了阔别十九年的林金木，也揭开他身世之谜。马兰终于找回童年时的知己，也获得最宝贵的亲情。

现在就本书所展示的道德情操这一点，来谈谈书中人物。先说程坚吧。在第二页，作者写道：

> 无论在谁看来，我父亲程坚都是个规规矩矩的读书人。
>
> 行李上都贴着字体工整的"程记"标签。

旧时代的读书人有着读书人的性格与骨气。写字一丝不苟，表示做人一丝不苟。他在车站拒绝红帽子帮他搬行李，不是吝啬，而是节俭成性，凡事不愿假手于人；他不许女儿买熏鸡吃，是因他幼承庭训，也要以此教导儿女。旧时代的父亲都是外表严厉，把慈爱深埋心底。这种情形，在我这样年龄的人，回想童年时父亲的神情，都可体味得到，因此读来感受特深，也体味得到作者着笔之细腻。

程坚常责骂马兰是"废物、讨债鬼、讨命鬼",甚至要她拎着包袱在雨地里追着篷车跑,使读者感到不忍而怪程坚不公平。谁能知道他心中隐藏着一段不愿表白的感情呢?幼小的马兰却深深体会到了。

不知怎的,每回我听见爸唱,就要落泪。我恍惚领略到,他有许多隐藏的情感,不愿表达,所以悲悲切切。但我满身不祥,完全得不到他的欢心,不能分担他的烦恼。

他的性格,马兰也深深了解:

爸的嘴似乎是生铁铸的那么无情,但他的心未必同样使人难忍。这是我在逐渐成长的岁月里慢慢体会出来的。

程坚内心的感情秘密,在第五章郑大海对马兰讲的红粳米故事中可以知道。他原是个极重然诺、讲道义的君子,因为秦车把(车夫)救他一命,就抚养了车夫的三个遗孤。他特别呵护大女儿和二女儿,对亲生的马兰反常加斥责,给她取名马兰是要她养成谦卑心,"哪怕是棵马兰草,也要是有点小用处的人"。他对她爱之深、期之切的苦心,可从以后篇章中体会出来。

例如他讲谢道蕴的故事给马兰听,马兰顽皮地说:"我可以说'仿佛芦花满天飞'。"他扑哧笑了。表现出他严厉后面的慈爱。马兰洗衣服时玩肥皂泡,他看见了,只说了句:"这么大了还玩肥皂泡。"我可以体会马兰当时觉得父亲没有骂她,就像紧紧拥抱了她一下一样地快乐。

他送马兰去县城上学一段,写得极为生动。他要女儿朝学校相反方向的小桥走过去再走回来,当马兰小心翼翼地走回来,抱住父亲的腿喊:"爸爸,我又到了。"他一直没说话,嘴唇颤动着,注视桥下潺潺流水。他对她说:

"我是要叫你了解,一个人如果想达到一个目的,一定要经过许多想不到的困难。"

这是全书中唯一的一次,程坚对女儿正面诲谕。
下面的一段话,尤为感人:

"叫你过桥,也是想再听你说:'爸,我到了。'你小时候走路比谁都晚,别的孩子会走路的时候,你只会爬;等会走了,又总跌跤。从炕头走到炕尾,费九牛二虎之力,到了炕梢,一定说:'爸,我到了。'像到了天上似的。"他牵起我的手,牵到袖口里面。

写父亲文章最深刻感人的,在我印象中,有徐钟佩的《父亲》,和林海音的《爸爸的花儿落了》,与此段可以前后映辉。

其后,为了马兰去沈阳上学,程坚假扮哑巴车夫,把她送到王家屯,托给郑大海送去大虎山。这一段又是剧力万钧之笔，尤其是写一只黑蝴蝶绕着车子翻飞，衬托马兰离家的寂寞，以及由郑大叔说出哑巴车夫就是她的父亲。马兰的惊诧、顿足、后悔的一段，真是催人热泪的父女情。

马兰去北平后，战乱，万同护送她去南京。万同在天津车站被日军所捕，马兰只得沮丧地折回北平，意外地见到父亲。这份悲喜，真个只能意会，难以言传。益见得作者落笔时情怀之温厚，她总不忍使读者过于伤感吧。作者如没有这份温厚情操，就不会有如此感人的布局了。

程坚是规规矩矩的读书人，也是守正不阿的法官。这一点，作者巧妙地从他妻子口中讲出："不是说要保护没罪第一，判刑有罪第二吗？"

他因妻子种大烟而引咎辞职，搬出县衙门，足见得他心地光明无欺。

他尤其是个民族意识极强的爱国者。日军占领台安县后，县府张收发当了伪公安局长，要"提拔"他当书记。他义正词严地拒绝了。

"我做法官，做个清白的法官。我不做法官，做个清白的国民。谁也别想把我拉下去蹚浑水。"

斩钉截铁的口气，显示了他凛然的风骨。读圣贤书，所为何事？程坚于个人的出入进退是丝毫不苟的。

作者以语言行为塑造出程坚这一个有骨气的人，使读者不只是欣赏故事情节而已。

马兰的母亲，作者对她着墨虽不多，但无言之美正显示了她的隐忍依顺。对于一家之主的丈夫的权威，永远是尊敬服从，这是旧时代女性一贯的美德。她也以此教导女儿。她对女儿的婚姻感到抱歉，不放心，但还是劝谕女儿往好处想，盼望礼春能改邪归正。她病危时对女儿说的话正反映出她一生做事待人的原则："这些日子，我想到的都是别人的好，不是别人的坏。"

凡是历尽人生艰辛苦难的人，读至此，或都将潸然泪下吧。

在母女最后一次谈心中，马兰知道了两位姐姐的身世，也知道自己才是父母唯一的亲生女儿，更体会到父亲对她"苦其心志"的一片苦心，因而越发心怀感激。

像这样天高地厚的亲情，作者以曲折的情节婉转写来，如无一颗体验入微的心，何能有此回肠百转之笔？

郑大海虽然是个跑江湖的车把儿，但他有强烈的是非感，看不来台安县长的无能、儿子的仗势凌人。他爱国，痛恨日本鬼子。可是他不离嘴的烟袋、哗啷啷的大铃铛吓得马兰当他是红胡子，但当听他说："以前用枪做坏事，以后打算用枪做好事，把罪过补回来。"又觉得他由坏变好。马兰对郑大海的感觉是由怕而讨厌而恨，最后是她最最敬爱、最最依赖的郑大叔。

> 看不到郑大叔，听不到他洗脸的声音，像是丢掉了什么似的。他就像我们家的守护神，有他，我感到安全。

日军侵占东北以后，郑大海与民兵组织自卫团以游击战对抗敌人，出生入死，在所不顾，实现了他拿枪做好事、以赎前罪的愿望，也体现了他高度的爱国情操。作者写这样一位江湖好汉，描摹他的口头，非常传神。

"不管怎样，我郑大海是王八吃秤砣，铁了心了。"

"你们要打，我就打前阵。你们要退，我就断后路。"

"他（指日本鬼子）不找我，我要找他。我这辈子就是喜欢听个响儿。"（"听个响儿"是他的口头禅。）

"大铃铛"是他光明磊落的象征。在全书中，前前后后出现有九次之多。

有一次马兰劝他把铃铛摘下，他说："我才不摘呢。别人越是不做声，我越是叮当。做坏事的人一听到我的铃铛，就得远远而闪着。我老郑可不是好惹的。"

铃声时常在马兰心中响起，尤其在急难中。当她被李秃子捆绑，苦思能找到一样可以发出声音的东西以警告自卫队时，忽然想到"若是我脚下有个铃铛就好了"，暗示无论如何危厄，正义总在人间。读至此，面对今日社会，不禁令人兴"吟到恩仇心事涌，江湖侠骨已无多"①之叹。

林金木是马兰心中的天使，是知音良伴，也是一片纯真的手足之情。他给马兰的第一个感觉是："眼睛特别亮，仿佛集聚了黄昏时刻所有的光线。"隐喻林金木是黑暗中的一线曙光，点亮了马兰的心。

她和金木由于扔接一把作废的大钥匙而认识，乃成推心相契之友。大钥匙常为他们见面时的话题，也是他们友情的象征。经过金木的触摸，马兰觉得大钥匙不再是废物。它虽没变成金子，但她和金木几十分钟的初聚，却像赋予了它光

---

① 出自清代龚自珍《己亥杂诗》。

彩，在它小小身体里闪烁着。

光也在马兰心中闪烁着。有了金木的友情，她的感觉是：

原本属于我而被人夺去的什么，已由他归还给我。因此，我的面容光亮了，也较前美丽了。

知道自己在金木心中的地位，任何别人的褒贬都不足使我喜，使我悲。

无限崇高的知己之感。心如金石，作者却故意以一把人人鄙弃的废铁钥匙为喻。父亲无心捡到时将它扔给母亲，讽刺地叫她以它开启地狱之门；母亲将它给女儿避邪，而马兰却寄望世间定有一个可爱的地方，用它去开启。可见得钥匙是金还是铁，它开启的是天堂还是地狱，端在一心。这一点是不是作者的寓意呢？

马兰于去沈阳读书时，与金木珍重道别，赠给他的就是这把大钥匙。十九年后重逢，大钥匙依然无恙，是不是象征"但教心似金钿坚，天上人间会相见"[1]呢？无论是亲情，是友情，这一份坚贞总是人间至高无上的情操。

金木曾捧给马兰一棵小枣树。这棵幼苗永植在她心田之中，给了她无穷启示。小枣树也是他们纯洁情操的象征。无论历经多少磨难，她永远保持一份青春向上的希望。她觉得："树木、花朵，一切植物都对我别具意义。每见植物幼苗从地里钻出来，就感动得热泪盈眶。"她也盼望着金木的突然

---

[1] 出自白居易《长恨歌》。

出现。

母亲病危时，她要到劫后的教养工厂废墟中找回小枣树，摆在母亲的窗台上。国内战争时，她手植的心爱小枣树已开过小绿花，死心塌地地等待结果子。是怎样的一份期待啊！

令人感动的是金木小小年纪，也许由于凄凉身世，他的深谙世情超过成人。他像哲学家似的，时常爱说的一句话就是："一切的事情，都有两面，有坏的一面，也有好的一面。"马兰深深受他感动，也更有勇气面对苦难。连她的好友也说过同样的话。她与万同在台北意外重逢时，万同就说："一切的事有好的一面，也有坏的一面，不过永远都有遗憾就是了。"

怅惘的就是人生总是打着迂回战啊！

万同是马兰童年时代的同学，他的舅舅赵教授是马兰在北平时的邻居。二人在书中原都是陪衬人物，可是他们对马兰急难中的援助支持，充分体现了中国人隆情高谊、古道热肠的胸怀。足见作者在情节的安排上，都是掌握着这一贯精神的，尤其是写万同护送马兰自北平至天津火车上的一段，最是动人。万同对马兰的呵护无微不至，他买牛肉干给她吃，教她慢慢儿撕来慢慢儿咀嚼。马兰边嚼边欣赏车窗外的风景。这一段旅程，可以说是马兰饱经忧患后，一生中最幸福的时光了。

作者写万同与马兰之间那一份高洁的友情，令人击节叹赏。写他们在车站排队时，马兰在万同背后，不由得注意他的格子衬衫，大格子套小格子，想自己以后也要做一件这样的衬衫穿。有意在急迫的等待中夹以轻松的心理描写。继而马兰又注意到万同的高帮球鞋上两块黑膏药标志——黑膏药球鞋忽然被分隔到另一行，然后不见了，象征她的慌张与失落感。用这样的笔法写万同被日军所捕，而避免正面实写，可谓脱俗之至。

万同的彬彬君子之风与暴戾的黄礼春是强烈对比，也使读者由于万同的善良体贴，暂时忘却黄礼春的罪恶，代马兰感到一丝温暖。这个对比，暗示人间原当充满光明希望。

万同与马兰的友情是林金木与马兰友情的陪衬。二者如清泉脉脉，相互辉映。最后以他二人与马兰的重聚作结，高雅的情调予人以超越尘世的清明之感。

现在，让我们来看看主角马兰吧！

马兰从小是个受气包，父亲常常骂她"废物，讨债鬼，讨命鬼"，促使她小小心灵的早熟。她尽量想讨父亲喜欢而不可得。她觉得：

> 那个车厢外的"Ⅲ"字，印在我心上，使我终生感到自己仿佛是一节三等车厢。

既刻画了马兰卑微的心理，也预示了她以后的坎坷。

对马兰温厚善良天性的描写，作者着墨特多。她爱弟弟，愿借寿命给他；看见犯人挑水，同情心油然而生，每天用水都尽量节省；听犯人脚镣哗哗之声，感到心灵受折磨，但愿他们有较好生活；她不怕挨打，只要妈妈不受屈，姐姐们不受罚；两位姐姐轮流欺侮她，像轮流舔着一块糖似的有滋味——游戏时，连扮宫女都轮不到她，永远扮宫门前的石狮子,一动不许动……她总是无怨无尤,反愿多替姐姐做事,感到是一份快乐。

弟弟死后,她连哭都怕引母亲伤心:

> 纵使哭泣,我也愿意把眼泪抛向暗处,生怕它们在光明里闪烁。

她较快乐的时光是夜晚能躺在母亲脚下,整个身心都沉浸在安全的黑暗里。母亲给她粗糙的小手抹上如意膏,又给她一块芙蓉糕。她忍不住眼泪簌簌落下,以致噎塞不能下咽。母亲劝她不要哭,她说:"我不是因为难过才哭,我哭是嫌自个儿不好,什么时候我才能变好呢?"

读至此,我几乎掩卷而泣。马兰的伤心,只为不能讨父亲喜欢。这种心情,在今日的青少年是无法理解的。作者写的是小说,但她塑造了糅合旧时代女性美德于一身的马兰,想要告诉世人,最大的容忍,也是最大的刚强。天下没有不是的父母。以程坚这样严厉的父亲,如生在今日,恐怕马兰早已成了太妹。

马兰与黄礼春订婚后,明知他不肖,但她一片孝思,生怕母亲担忧,在病榻前答应母亲说:"妈,您放心,我会慢慢把他变好!"她自始至终盼望礼春变好的那份执著,作者写得极为婉转感人。当她深夜听见李秃子逼迫礼春而礼春有点犹疑时,她内心就涌起无限同情:

> 第一次,我感到礼春也是不幸的人,很想化作一缕

月光，跟他做伴。

这几句话，才真像一缕月光，温柔地照耀着读者的心。

马兰为了对父母守信，始终对婚姻没一丝怨念，也从无离开礼春之意，还常为自己不能爱礼春而感到歉疚。她虽思念金木，但在内心深处，总把他当亲弟弟。对马兰来说，孝悌忠信，可说无一不全。

她和礼春的不幸婚姻使她的心太苦，作者乃安排了林金木给她一份纯洁的友情，使她内心的苦乐得以平衡。我每回读到她和林金木两小无猜的欢乐时，就如于惊涛骇浪之后听到九天仙乐似的，令我心安，也使我深深领悟，对知己的思念，是培育坚贞心灵的一股力量。

抗日战争结束后，抛弃她八年不顾的礼春忽然回来，她仍然无怨无尤，只觉得："八年的分离，冲淡了不愉快的记忆。受苦太多的人，总容易满足。"我觉得作者已将佛家的慈悲和儒家的恕道精神发挥到了极致，也就是本书所显示的最崇高的道德情操。

马兰的美德，作者一直以"马兰草"作暗喻。如"父亲顺手折了几根马兰草，交给母亲当绳甩，给弟弟赶蚊子"，暗示马兰的卑微。从此"马兰草"三字前后出现十余次之多，草蛇灰线，贯穿全书，一一象征了马兰的心理状态。她有时自卑到连在学校坐头排都觉过分享受，想到"有一天谁都不需要我卑微的效劳，将如何活下去"。有时又自慰："遍地的马兰都像是我所拥有的，给了我一些勇气。"父亲认为她"往后顶多有马兰草的小小用途就好了"，母亲却认为"就算她是一棵马兰草,也得像一棵家里栽的马兰草",对她很疼惜。

认识林金木以后,金木对她说:"说不定马兰草有法子变成马兰花,不显眼的小花可以改大,改改看。"给了她很大的启示。她虽卑微而永远有一颗向上的心。直到最后一章最后一行,"大钥匙"上拴的不是细绳,而是:

……一片长遍东北的马兰草,它比青春更永久,比钢铁更坚韧,比太阳更温暖。

笔力万钧,托出全书主旨。马兰是绕指柔,也是百炼钢。

读者一定记得马兰在战乱中剪去长发穿男装,跟郑大叔学射击,当自卫团老师,与郑大叔一同见游击队司令与参谋,侃侃而谈,勇敢又机智。也由于她亲耳听郑大叔讲妻儿被日军杀害,亲眼见学校的图画老师于沈阳城陷落时被日军削去手指,护送她出城的沈阳车站职员因忘带通行证而被日军砍杀……这些血淋淋的事实,越加激发她的爱国情怀,也激发起读者满腔的同仇敌忾之念。马兰确实是由绕指柔成为百炼钢。

全书以人物的性格和他们的生存背景所造成的必然因果关系,加上错综复杂的身世之谜,演进故事,写出了善与恶的对比、刚与柔的调和、亲情与友谊的慰藉、国难与家愁的折磨。本书给予我们的是兼有壮美与优美的两种感受。

读完全书,只觉满心无奈,不能怪罪书中任何一个人。

记得王国维在《红楼梦评论》中谈到人间悲剧的形成有三种:其一是由于恶人从中搬弄;其二是由于盲目的命运之

支配；其三是由于人物之处境与彼此之间的冲突，不能自主。以第三种最为可悲。

我以为本书的悲剧兼有了三种因素：马兰的不幸婚姻是由于她的认命，李秃子黄礼春加给她更大的痛苦，但礼春的恶劣性格是由于他恶劣的家庭环境造成。

因此，我认为《马兰的故事》一书充分显示了作者悲天悯人的情怀，在悲伤中却启示了一线希望。万同与林金木对马兰的高洁友谊是希望，林金木研究的红粳米新品种是希望，马兰的新生儿小复是希望。曲终奏雅，给予读者无限温暖。

探讨了本书的主题与情操以后，觉得作者深湛功力所表现的高明技巧实在有不胜枚举的值得激赏之处。第一是她擅于运用伏笔，制造悬疑。而这些悬疑有如明珠翠羽，闪烁于篇章之间，使读者的感觉也敏锐起来，急欲一探究竟。慢慢地，谜底都将如剥笋似的层层揭开，巧妙安排引人入胜。

小说的第一任务，究竟还是要吸引你读下去。伏笔与悬疑，使前后文遥相呼应，正可以增加故事的曲折性、小说的可读性。例如第一章里穿插一段程坚赶车，看是闲笔，其实是暗暗为程坚曾赶车运红粳米作印证，也是第二十一章他扮哑巴送女儿上学的伏笔。脉络一线，细看就能发现。

又例如程坚一家搭的是102次班车，在第二十六章他送女儿到大虎山，正好赶上102次班车，以对比马兰前后完全不同的心境。凡此用心的伏笔穿插，不胜枚举。

此外，作者尤喜以重复的事物强调情景，象征心情。这些重复的字眼并不使人觉得多余，反而像钻石一般，增加文章的魅力。

最显著的重复事物当然是马兰草，前文已引述，兹不再赘。马兰草之外，还有许多显著的重复事物，譬如马兰随身携带却与二姐身世有关的"富贵有余"包袱皮、香嫩的熏鸡、郑大叔的大铃铛、郑大叔送给马兰的蝈蝈、隐藏林金木身世之谜的"小老虎"以及象征他和马兰友情的小枣树、邮票、大钥匙等。作者再三为之穿插了扣人心弦的情节，像编织一张精致的网，环环相扣，绝无疏漏，足见她对全书布局早有成竹在胸。就连细小事物如日光皂、灰水篓、阴丹士林大褂等，亦着意不时点染，波光云影，摇曳生姿。

编筐编篓，重在收口。本书的结局，作者写来尤为婉转多姿，却又温柔敦厚，哀而不伤，深得诗骚之旨。

马兰和黄礼春的一段孽缘已了，她从苦难中挣扎出来，平静地抚育襁褓儿。隆情厚义的万同为她从日本找回林金木，特地到乡间把马兰母子接至台北家中，先给她看金木的笔记簿。马兰读后，才知金木已于满二十岁时拆开她一直惦念在心的小老虎香包，明白了自己的身世。马兰此时的感觉是："经过一生的风波，没有一次是如此地苦乐不分。"

十九年阔别，恍如一梦，他们劫后重逢的这段对话，值得细细品味。

金木已成了农业专家，马兰夸他"小苗长成大树了"，心中指的岂不是那棵小枣树？这是隐隐中与前文呼应之笔。

金木告诉她，他研究的红粳米新品种即将发行纪念邮票。集邮是他们童年时的共同爱好，红粳米关系着金木的身世。悠悠十九年的离合悲欢都浓缩在一张小小邮票里，是人生的巧合还是作者巧心的安排呢？

马兰赠给金木的大钥匙由金木递回到她手中,上面拴的绳子就是坚韧的马兰草。

至此,作者将书中再三重复提到的小老虎、大钥匙、红粳米、小枣树、邮票、马兰草一一作了总结。真个是心细如发。

他们的谈话欲断还续。当金木害羞地说还未结婚时,二人相对无言。作者在此处忽插写:"突然不知谁家放了一张歌仔戏唱片,哭声落下如雨。"以此情节陪衬二人当时的复杂心情,可谓神来之笔。

金木又怅惘地说:"什么事都有好的一面,也有坏的一面。失去的就是获得的,获得的就是失去的。"这是他童年时代常对马兰讲的两句话。世间万事原当作如是观。林金木与马兰都领悟了,读者也领悟了。

为了抒写个人感想,我把一部七宝楼台般完整的作品拆得支离破碎,不成片段,深感罪过。本来一部好的小说,只可由心灵默默去感受,一落文字诠释,就索然无味了。但我仍忍不住要说,《马兰的故事》是一部值得一读再读的书。我们这些从同样的惊涛骇浪中走过来的老一辈人,读此书时,重温潘人木以她刻骨铭心的记忆描述当时的一切情景,重新体会一下那些受苦的人、勇敢的人、彷徨的人、迷失的人的心情,一定都将痛定思痛。

尤其是面对今日的政治环境、社会情态,焉得不感慨万千?

今天成长在安定康乐中的台湾年轻一代,实在无从想象八年抗战以及国内战争那段时期是怎样一个波涛汹涌的大时代。作者塑造了马兰这样一个集一切苦难于一身而坚韧地承担下来,终成为百炼钢的女性,应体会她是用心良苦的。读者们若将马兰所受的苦难与自己所享受安定、自由的幸福作一比较,一定会感到这份幸福得来不易,就会格外知道珍惜。同时也会领悟:"那个背着沉重包袱上山的马兰,那个百炼钢的马兰,那个可能是创造这个时代的许多幸与不幸的人的爱人、母亲或祖母的马兰"(见本书序文《当围巾也呜咽》)是多么值得我们怀念和敬重。

小说卷

哥哥与我

刚开学,每一科都发了新书,翻一翻,好深啊。从现在起是中学生了。虽说免试升初中,但顶多只有一年的轻松,往后的功课就会越来越紧。"不拼命就考不取好的高中,考不取好高中就升不了好的大学。"这是爸爸、妈妈天天挂在嘴上念的。

哥哥在这所学校里一直是第一名,现在已考取了台北第一流的高中。离家去台北读书,好神气啊。妈妈一说起哥哥来就眉开眼笑,一见我捧着武侠小说就皱眉头,唠叨个没完。她越念,我就越把功课丢得远远的,反正混完了初中三年,也上台北,去摆地摊或是在电影院门前卖糖果,挣口饭吃总没问题,运气好还会发财呢。哪像哥哥,整天啃书,苦死了。

我背着沉甸甸的书包,一路走,一路想,好歹轻松地混一年再说。走到家门口,知道爸爸坐在客厅里看报,我就从后门溜进去。妈妈在厨房里炒菜,我喊了一声就直奔楼上自己的卧室，把书包往床上一扔，先扭开电视机，看看有什么精彩节目。

"武杰，下来吃饭啦!"

我没有回答。妈妈随便什么时候叫起我来，都是这股子气急败坏、连声地喊。

"达仁，你去看看武杰在干什么？怎么叫也不下来。"妈妈又小题大做地要爸爸帮忙了。

"好啦！我去叫。"爸爸走到楼梯口来喊，"武杰，马上下来。"

我只好打开房门，慢吞吞地说："我不饿嘛。"

"我不管你饿不饿，就是要你下来。你如果现在不下来，就在屋子里待一个周末都别下来。"

爸爸说到做到，与他对抗只有吃亏，我只好下来了。爸爸已坐在饭桌边，我远远地在他对面坐下。

"你妈妈喊你，听见没有？"

"听见啦。"我眼睛盯着香喷喷的菜。

"听见了为什么不答应？"

"我在做内丹功，不能开腔。"

"什么内丹功？"

"老师教的，他说比外丹功还要好。"

"我没听说什么内丹功。你小小年纪用不着练什么功，练练球、赛赛跑就好了。你哥哥这两样都是第一。"

又是哥哥第一了。你心眼儿里可曾有我？我把头低下去，本来被菜香引得有点儿饿的肚子又饱起来了。

妈妈把一样样菜摆好，边盛饭边说："武杰，今天接到你哥哥的信，他说他好想家，好想你。他住在学校宿舍里，已经交了好几个朋友。他的功课很忙，但很喜欢学校的环境。"

"他真是个好孩子，一下子就适应新环境了。"爸爸夹一大块红烧鸡放在嘴里，那份开心却并不是因为鸡的味道好。

"对了，他还参加了球队呢。"妈妈又加一句。

我一声不响，低头大口大口地吃饭，把一块鸡头骨夹起来又放回碗里。怎么我总是夹不到好鸡肉？

"吃相好一点儿。"妈妈瞪了我一眼，然后继续讲哥哥，仿佛没有我这个人。

我把气愤吞下肚子，勉强吃完一顿饭，一直听妈妈夸哥哥。话里的意思明明是："你怎么就不像你哥哥？"

我总以为哥哥去了台北，爸妈不会老拿我们两个比了，没想到情形更糟。哥哥来一次信，他们就念一次：哥哥这样也好，那样也好。我知道，我若是离家出走，他们一定不会想我。

※　　※　　※

第一天上英文课，老师点名喊到我，我应了一声"有"。

"你是杨文杰的弟弟吗？"老师从近视眼镜里端详着我。

"是。"我咧了一下嘴。

"啊，文杰真是个好孩子，他是我班上最杰出的学生。"老师眉开眼笑，那神情就跟妈妈提到哥哥时一样。看来我无论在家、在学校，都得活在哥哥的阴影里。

同样地，数学老师、语文老师和体育老师都在夸杨文杰，我的哥哥。其实作为他的弟弟，我应该感到光荣，但是我感到胆怯又孤单。我知道自己的智力不及哥哥，功课不会好，老师却偏偏要提哥哥，拿他跟我来比。我承受不了这份压力。

我想自己唯一能胜过哥哥的，只有劳作了。我喜欢用刀、锯，拿木料做各种小东西，而哥哥在这方面是十个手指头拼在一起的。但我做出些小玩意，妈妈不但不夸我，反而骂我正经书不读，做这些浪费时间。我只好把做好的迷你桌椅藏起来，连哥哥都不给看。

有一次，小学的劳作老师称赞我手巧，把我的一件手工留校作为成绩。这是我一生最大的光荣了。当我告诉爸爸时，他微微点了一下头说："不错，但还是功课要紧。升了中学以后，就不要老是做这些东西了。"

爸爸把我的精心杰作叫做"东西"，真叫我伤心。

现在我已经是中学生了，中学一定不会重视劳作，我这一项才华没机会施展了。何况功课会比小学忙得多，听说二年级以后，天天都会有测验，月月都会有考试，把人都烤焦了，哪还有兴趣、时间做手工艺品？

但我忽发奇想，在刚刚开学、功课还不太忙时好好地制作一个艺术的架子，摆我的全套音响，下面有抽屉，可以放录音带和唱片。我先把图画出来，再用积蓄的零用钱去买材料，脑子里一直想着该怎么做，上课都没心思听。等到上劳作课时，李老师定定地看了我半天，忽然问我："你哥哥是不是杨文杰？"

又是问我哥哥，我没精打采地点了点头，反问他：

"您怎么知道？"

"好多老师都对我提起杨文杰。在我的劳作班上,他却不是个出色的学生。"

只有这句话,我听了很高兴。哥哥也有不如人的地方。可是他马上说:"你哥哥每门功课都好,你也要努力。"

李老师看起来很和气,我索性对他坦白地说:"我不喜欢读书,只喜欢劳作。"说着从书包里把画好的图样拿出来给他看。他看了连连点头说:"很好。你很有设计头脑,好好地做,我想你的作品可以在校庆学生成绩展览会上展出。"

我听了好高兴,难得遇到这样和气的好老师,不像英文、数学老师总是绷着脸。老实说,这两门课,我已经跷课好几次了。我知道级任导师迟早会找我谈话。

果然,级任导师把我叫去训了一顿,还打电话告诉了爸妈。我一回到家,爸爸就对我吼:"武杰,你打算把我们气死是不是?你怎么一点儿也不像你哥哥。"

我一听就气上心来,头也不抬地跑上楼,把房门"砰"的一关。这就是我最大胆的抗议了。"我就是我,我为什么一定要像哥哥?"我在心里大喊。

第二天,校长把我喊到办公室,问我为什么英文、数学两门课不是跷课就是迟到。我哪里说得出理由?只好呆呆地站着。奇怪的是,跷课迟到的不止我一个人,为什么老盯住我呢?一定因为我是杨武杰,我的哥哥是杨文杰。果然,校长开口了:"你哥哥是模范生,你知道吗?老师们都说你长得很像哥哥,又聪明。你要肯好好用功,一定也跟你哥哥一样,出人头地。"我在心里说:"我干吗一定要跟哥哥一样?我会的,哥哥还不会呢。"但我懒得开口。校长蛮和气的,训完话，我行个鞠躬礼就走出来了。看见教劳作的李老师迎面走来，看看我，又看看校长室的门，对我笑了一下说："怎么样？又请吃大菜啦！""吃大菜"是李老师特别讲给我听的术语，他说他做学生时也跷过课，常被导师请去"吃大菜"。"吃大菜"是他那时学生中的流行语。我倒觉得蛮有趣的。

李老师忽然一本正经地说："武杰，你的情形，我倒想跟你爸爸谈一谈了，虽然我并不是你的级任导师。"

我觉得很意外，也有点儿生气，就说："您要跟他谈就跟他谈好了，我不在乎。"

我一扭头走了。没想到看来开明又和气的李老师也跟其他老师一样，只重视家长而不关心学生的兴趣，他还说我手工做得好呢。

放学后，我提心吊胆地回家，准备听训。开门进去，却见妈妈脸上笑眯眯的，我略微放了心，八成李老师还没和爸爸联系或还没来过，妈妈忙里忙外不知道。第一关算是过了，正待绕过爸爸的书房往楼上跑，爸爸却喊住我说："武杰，你进来。"

我的心像打鼓似的跳，原来李老师来过了。这下子，我只有硬着头皮走进去，站在爸爸面前，眼观鼻、鼻观心，一言不发，等待发落。

"今天下午，教你劳作的李老师到家里来了。"

我没有抬眼看爸爸，相信他的脸色一定是铁青的。

"李老师人很和气，我们谈了很久。"爸爸的声音一点儿不严肃，我有点儿奇怪，偷偷地看了他一眼，他的嘴角居然挂着笑。李老师究竟来跟他说了些什么呢？

"李老师夸赞你在手工艺方面有很高的天分，问我是怎么启发你的？"

我心里好笑，爸爸不泄我气都是好的，哪有什么启发？我却壮着胆子问："您怎么说呢？"

"我说，你们兄弟俩，性格、兴趣各有不同，我都由你们自由发展，没有什么特别的启发。"

"他有没有说哥哥在学校里是模范生，个个老师都喜欢他？"

"他没有提，倒是我说你哥哥知道用功读书，你喜欢做手工，他就笑了。他说他从小也是喜欢手工，不爱读书，一样地一帆风顺，师范大学毕业当老师，活得快快乐乐。"

我越听越开心，胆子也越来越大了，不禁大声地问：

"爸，您觉得李老师的话有道理吗？"

"有道理，有道理。"爸爸连连点头，笑得更开朗。我简直不相信我的耳朵、我的眼睛，简直是日头从西边出来了。这时妈妈端着菜走进来，眼睛望着桌子，说："现在不要训他了，先吃饭吧！"显然她没有看见爸爸脸上的神情。我连忙说：

"妈，爸今天没有训我，爸在跟我聊天呢。"

"那就好啦，边吃边聊吧。"妈妈也看见爸爸在笑，有点儿惊奇地问："李老师跟你说了些什么呀？我只顾忙，没有出来招呼。"

"李老师特地来告诉我，武杰的手工艺做得好。他打算在今年学校校庆时开全校同学手工艺品展览会，武杰的作品一定是最出色的。他还要武杰给阅览室设计一张别致的连书架书桌呢。"

"李老师对我说过了。"我得意地说。

"怎么你没对我们提起呢?"

"有什么好提的?你们不是一直不看重我的手工吗?你们不是一直想着哥哥样样都比我强吗?"我借此发点儿小小的牢骚。

"这孩子,我只不过是担心你在手工上花的时间太多,来不及做功课呀!李老师真有意思,他说才艺是有遗传性的,问我当年是不是也喜欢敲敲打打做东西。我倒是想起自己小学时家里很穷,简单的书桌与书架都是自己拿木头锯了钉的。"

"真的呀?您怎么从来没说过呢?"我惊奇地喊。

"当初也没哪个夸过我。我一心只想读书。因家穷,中学都是断断续续地念,却梦想着能当大学生,总觉得只在村子里打打杂工是不甘心的,所以尽力争取读书机会。好不容易能从专科学校毕业,当一名稳定的公务员。现在你们兄弟俩能有这样好的读书环境,我就格外热切地盼望你们能出人头地了。"

"爸爸,您放心,我以后一定不跷课、不迟到。但绝对赶不上哥哥拿第一名,您跟妈妈可别又拿我跟哥哥比哟。"

"不比了,你的手工艺就比你哥哥强多啦。"停了一下,爸爸又沉思似的说:"自己亲手做出来的作品,摸摸看看,确实另有一种味道。李老师说得对,行行出状元,我不能照自己的心意,期盼你成为怎样一个人。"

"爸爸,我若是在手工艺方面拿到第一名,那才是照您的心意呢！因为我有您的遗传呀。"

妈妈把我搂在怀中，笑得好开心。

※　　※　　※

到了学校，我精神抖擞，英文、数学等科目，都觉得有兴趣起来。快放学时，李老师在劳作室门口等我，笑盈盈地问我昨天回家，爸爸跟我说了什么。我说："李老师，真谢谢您，爸爸给我吃了一顿最丰盛的大菜。"

"我说嘛，大菜是有各种不同的滋味的。看你今天精神百倍，我好高兴。"李老师和我心照不宣，但他又补了一句：

"现有一件最重要的事，你别忘了为阅览室设计一张别致的连书架书桌哟。"

"好，不会忘，可是我也得背英文做数学习题，免得老师们又说：'武杰，你怎么不像你哥哥杨文杰呀！'"

做　媒

　　瑞珍心直口快，乐于助人，可是她说自己是个不吉利的人，凡事经她一插手就搞糟，帮助别人不是吃力不讨好就是好心变恶意。所以她有点心灰意懒，想从此以后再也不管别人家闲事了。可是对于玉琴呢？却是例外。她们是十多年的老同事，彼此无话不谈，情同手足。玉琴得她的照应可真不少，事事都要和她商量。但是瑞珍也多次把事情搞糟，懊恼地说连玉琴的事也不想管了。有一次，她给一个朋友的女儿做媒，双方一见钟情，订了婚。谁知就在要迎娶的前一个月，新郎忽然得了一种怪病，连续发烧一星期，就此一命归西，新娘子成了望门寡。她不怨自己命不好，却怪在媒人头上，从此不再理瑞珍了。

　　这件事过去还不到半年，瑞珍做媒的瘾又发了，这次她是要给玉琴做媒。玉琴是三十八岁的未婚女子，来台湾以后，一个男朋友都没交过。在大陆，她原有个知心的男友，将论嫁娶时,却因变乱分了手,十多年没有音信。她在办公室里跟男同事们都很少说话,觉得自己望四之年,深恐被旁人视为怪物,所以愈是沉默愈好。比她小五岁已经儿女一大群的瑞珍却暗暗替她着急,"玉琴,快四十的人了,不说生男育女,将来总得有个老伴儿呀。"她说。

一天晚上,瑞珍兴冲冲地来到宿舍,话还没说,就掏出一张男人照片给玉琴看。玉琴无可奈何地笑笑说:"你又来了,二十世纪九十年代了,还用照片相亲。"

"你这么保守,也只有这个法子。你且看看这人,额角四四方方,五官端端正正,最难得的是人品好。"

"而且又有事业基础,在某进出口或贸易公司当经理,是不是?"玉琴一面嘲笑地替她接着说,一面却不由得仔细端详。这个人确实长得端正大方,看上去就是个正派人,最奇怪的是他有点面善,竟有几分像她那个没有音信的大陆男友。她把照片拿在手里,问瑞珍:"他是谁?你是怎么认识他的?他今年几岁了?在哪儿做事?"

瑞珍难得听她问这么大串的具体问题,大大地高兴起来,把这人作了一番详尽的描述。她说他今年四十八岁,比玉琴刚刚大十岁,是恰当的年龄。他是某机关的单位主管,薄有积蓄,为人诚恳,又有才干。只有一样,他在大陆还有一位生死不明的妻子,没有一点音信。他为了她守了这许多年,朋友们都劝他得有个家,他才动了这个念头。玉琴一听就连连摆手说:"不谈了,瑞珍,在大陆有妻室的人,还谈什么?"

"多少人都是这样的,结了婚,就不算什么问题了。你也别太固执,先做做朋友。如有缘份,有了感情,就自然不考虑那些了。"

不知怎么地，瑞珍的三言两语说得她动了心。

在台湾十八年，她的心可以说是一片止水，丝毫没有为自己的孤单老大担忧过。可是自从结交照片上的这位男子许子天以后，她陡然感到十八年的岁月寂寞得冤枉。一半是由于他的温文体贴，一半是由于他真的有点儿像她原来的男朋友。也许人埋藏感情到了中年，就会像陈年老酒似的，愈香愈烈，打开瓶口，香气四溢，便再也无法收拾了。他们彼此都觉得相见恨晚，很快就谈到了嫁娶。

除玉琴本人以外，最高兴的要算瑞珍。眼看他们将成眷属，而她就是大媒人，以后她将变成最吉利的人。

他们忙着布置宿舍，买家具。一切就绪，就选定吉日，打算在法院公证结婚，只请双方的至亲好友热闹一番，就去南部蜜月旅行。

玉琴累得脚跟都疼了，瑞珍更为她忙得团团转。大家都心花怒放，幸福这么快就降临到他们身上了。

玉琴在崭新的梳妆台面坐下来，对着镜子，看自己双颊微红，两眼发光。三十八岁的女人怎么如此容光焕发？爱情真是奇妙的东西。

子天走来默默地站在她身后，双手按在她的肩上。她在镜子里深情款款地望着他，他两鬓已微现白发，可是白得这般可爱。玉琴柔声地说："子天，我怎么也没想到，打算一辈子单身的我会遇见你。"

"我也一样，我原不打算再结婚的。"

"你在大陆的妻子不会再有音信了吧？"她问这话时的心

情很矛盾，有点儿幸灾乐祸，也有点儿内疚。

"别再想这事，我们都是问心无愧的。"他紧紧捏着她的手，幸福像葡萄汁似的，浸润着她全身。

这一夜，她没睡好，是太兴奋——她一向有这个毛病，凡是有太顺利、太快乐的事，她就会莫名其妙地惴惴不安起来，生怕那是一场梦，马上就会惊破；又好像眼望着一抹彩虹，转瞬间就会消逝。然而，许子天是个实实在在的人，他们相遇了，挚诚地相爱着，而且马上就要结婚，她还用得着担忧什么呢？

一大早，子天突然来了，一副失魂落魄的神情。她一看就知道有什么事不对劲了。

"你怎么了，子天？"

"玉琴，叫我怎么说，怎么说呢？"他眼中充满泪水，掏出一封揉皱了的信，递到她手里，"一封香港朋友的来信。"他期期艾艾地说不出话来，昨夜她神经过敏的担忧一点儿没有错，意外的事情真的发生了。

"是你太太离开大陆，到了香港，是不是？"她直截了当地问他。

他低下头，一声不响，显得毫无办法的样子，鬓边的白发都像一下子增多了。

"她是怎么打听到你的？"

"到了香港，从朋友处辗转联系上的。"

"现在你打算怎么办？"她浑身冰冷。

他只顾低着头，一言不发。

"子天，我们总算还没结婚，来得及。"

"玉琴,你的意思是……"

"那还能怎样?"她咬着嘴唇,吞下一大堆话、一大堆泪水。

"总算幸运,还没有铸成大错,这是我内心一直担忧的事。现在水落石出了,倒也痛快。"玉琴满怀辛酸而微带调侃地说。

"可是,我们一切都已决定了,法院的公证都已去登记了。"

"法官是绝不会为不合法的婚姻作证的。你难道不知道吗?去注销吧。"

二十年来,她已经磨炼得非常理智。如此意外的大打击临到自己头上,她却像处理别人家的事似的,一五一十说得斩钉截铁。子天却呆若木鸡。她这才知道,一个男人遇到感情和理智交战时会软弱寡断至此。她真怀疑他是不是曾经真心爱过她。

她立刻想起了瑞珍。这个不吉利的人,只要是她做的媒,从来就不会有成功的希望。她对自己苦笑一下,解嘲似的对子天说:"你还发什么呆?快设法给她办手续。你的身份证上没有妻室,现在总算真正团圆。"

"啊!玉琴,我……"他双手蒙着脸。

"不用多说了,一切我都谅解。你现在走吧,我要静一下。"

子天迟迟疑疑地走了。

不一会儿,瑞珍来了,捧了一束紫色的玫瑰花,花心上露珠晶莹。玉琴一看见这束带露的玫瑰,忽然一阵心酸,泪水忍不住涌了上来。

"玉琴,你怎么了,高兴得哭起来了?"瑞珍吃了一惊。

"瑞珍,你忘了你是个不吉利的人吗?"

"你说什么?"

"经你帮忙的事都不会有圆满的结果,我和子天的婚姻也一样。我们吹了。"

"你发疯了?"

"一点儿也不疯,他大陆的太太来了,想不到吧?"

"我的天!"打算插进瓶子的玫瑰花撒落了一地。

"不要懊丧,瑞珍。人家别离十八年的夫妻团圆是件喜事,我们还能不替他们高兴吗?"

"玉琴,这,这怎么办?"

"什么怎么办?我算是做了一场梦,现在梦醒了,你该替我高兴。"

"替你高兴?"

"可不是吗?我依旧是无家一身轻,过我的单身宿舍生活。结婚又有什么好?"

"玉琴,我这个人怎么这么倒霉?我当初实在不该管这件事。"

"记住,以后再也别给人做媒了,因为你实在是个不吉利的人。"玉琴擦去了眼泪,俯身捡起一朵朵撒落在地上的玫瑰花。

贝贝与蚂蚁

一大早,贝贝在睡梦中觉得手膀刺痛了一下,醒过来了。她没有爬下床去喊妈妈,自己开亮电灯看看究竟是什么虫子咬了她。床铺干干净净的,怎么会有虫子呢?她仔细一看,原来是一只黑黑的蚂蚁在被子上爬呢。贝贝怕许多昆虫,但是不怕蚂蚁,因为她知道蚂蚁是益虫,妈妈还讲过好几个有趣的蚂蚁故事给她听。她对蚂蚁很有好感,绝对不去伤害它。她爬起身来,轻轻地把蚂蚁捉起来,放在手心,低声问道:"蚂蚁,你为什么咬我?"

蚂蚁被贝贝一捏,有点晕头转向,挣扎了一下才站定,昂起头回答:"因为你压到我了呀!"

"你听懂我的话啦,你也会说话呀?"贝贝惊喜地问。

"当然会喽,我天天听你们人类叽叽喳喳地说话,就学会啦。"

"那真好有意思,我们可以谈天了。你为什么要爬到我的床上来呢?"

"我来找吃的。你的床上有巧克力香味,有饼干碎末,我是先来探路的。"

"呀!是我没有听妈妈的话,在床上吃了巧克力夹心饼干。"

"这就是啦,你还差点儿把我压扁了。"

"真对不起,我睡着了,不知道。"

"我也不是存心咬你的,我不能不自卫啊!其实我们蚂蚁是最最爱好和平的。"

"我知道,而且你们很勤奋,又合作,你们搬运吃的东西从来不在路上歇下来自己先吃。"

"那当然,我们要同心协力地把食物搬回家储藏起来,以备冬天不能出来时吃呀。你们人类不也都互助合作吗?"

贝贝想起妈妈和老师对她说的话,大家要相亲相爱,相互帮助,就点点头说"是啊"。但她马上又想到学校里有些同学会跟别人吵架,会有嫉妒心。她心里有点儿难过,但她不愿意对蚂蚁说,说出来太丢人了。她问道:

"你要找吃的,应当去厨房找呀。"

"我当然也去过啦,但你们厨房的地上、桌上都没有留下糕饼屑或其他食物,总是干干净净的。而且厨房是一个危险的地方。人们不是拿毒药喷射呛得我们死去,就是一扫帚扫得我们阵容大乱,抖在泥地里,弄得我们连家都找不到。更妙的是还有人用吸尘器吸我们,那玩意虽然不会杀死我们,但那一阵子强烈的旋风真叫我们受不了。"

贝贝咯咯地笑了。她说:"我妈妈从不对你们喷毒药。爸爸有时会用吸尘器,妈妈总是很细心地把你们一个一个提起来,放在纸上,送到门外去。但是你们也好顽皮啊,一会儿又爬进来了。"

"你的爸爸妈妈都是很仁慈的人。但请你告诉他们,我们蚂蚁也有生存的权利,也要找吃的。为什么厨房成了你们人类的禁地呢?"

贝贝被问得呆住了。蚂蚁又叹了口气说:"你知道吗?这幢房子没盖起来以前,这里原是我们的地方。人类为了自己要盖房子,就把我们的窝统统挖了。幸得我们又千辛万苦地找地方重建家园,但偶然爬到人类的禁地,冒险找点儿吃的,还被人类赶尽杀绝,真是不公平啊!"

贝贝听得心里很难过,却不知怎么说才好,问道:

"现在你们的窝在哪里呢?"

"就在你院子墙脚一株玫瑰花树下。我们的洞很深。"

"这样吧,我每天放些好吃的东西在你们洞口,你们很快就可衔回去,不必辛苦和冒险了。"

没想到蚂蚁却摇摇头说:"谢谢你的好意,我们不要这样不劳而获。我们这许多工蚁就是要辛勤工作的,这是我们生存的原则。相信你们人类也是不喜欢享现成福的。"

贝贝点点头,心里却有点儿惭愧,因为她有时会懒惰地依赖大人,享现成福,听小小蚂蚁这么说,她真要格外自我勉励了。看贝贝像在想心事,蚂蚁把一对触须向她摆了一下说:"我要回去了,贝贝。我知道你名字叫贝贝,你就叫我甲组一号吧!"

"甲组一号?"

是呀，我是探察队，乙组是搬运队，丙组是工作队，丁组是耕耘队，戊组是守卫队。

"哇，原来你们分工这么细呀。你们有一个大王，是不是？"

"我们不称大王，那是你们人类给的名称。它是我们的族长，我们都很服从它的指挥。"

"真有意思，我可以到你们的洞里看看你们大家，拜望你们的族长吗？"

小小的蚂蚁抬起头来，把贝贝仔细从头看到脚，摇摇头说："你太大了，进不了我们的窝。让我回去报告族长，看它有没有什么办法把你变小，由我来带你进洞去。"

"那太好了，我等你的消息。"贝贝把蚂蚁放回床单上。

"我走了，再见。"蚂蚁连连摆动两根触须，跟贝贝说再见。贝贝看着它往床脚柱子爬下去，很快地从墙边缝中爬走了。

贝贝兴奋地起床，跑到妈妈房间里，连声喊：

"妈妈，妈妈，我要告诉你一个奇迹。"

"什么奇迹？"妈妈知道贝贝一向喜欢幻想，她一定又幻想出什么稀奇事儿来了。

"妈妈，我跟蚂蚁说话了，我们谈得好开心啊！"

"贝贝，你是做了一个梦吧？"妈妈拉着贝贝的手说。

"不是做梦，是真的呀！我把蚂蚁捉在手心里，我们就谈起天来了。"贝贝把她和蚂蚁的对话从头说了一遍。妈妈边听边笑，听到贝贝说蚂蚁要带她进洞去，笑得更大声了。她说："贝贝，你一定是卡通片看得太多，幻想越来越丰富了。"

"妈妈,我不是幻想,是真的。"贝贝好急,"蚂蚁要带我去拜访它们的族长,参观它们的大家庭。"

"好,好,等你明天去过蚂蚁家再告诉我详细情形吧!"妈妈爱怜地亲了下贝贝,劝她快洗脸吃早餐。

贝贝没有心思吃早餐,一心想着怎样去蚂蚁的家。她吃了一口妈妈亲手做的香脆饼,就马上想起勤奋的蚂蚁甲组一号。她真想掰一点脆饼放在角落里,等甲组一号带队来搬运。但她又担心妈妈的脚会踩到它们,爸爸会用吸尘器吸它们,就不敢放碎末在地上了。为了妈妈不相信她和蚂蚁谈过天,她心里好急,认为世界上之所以没有奇迹出现,就是因为大人们不相信有奇迹。可贝贝是确确实实相信的,因为蚂蚁在她手心里动来动去那份痒丝丝的感觉和它昂起头来跟她说话的神情,是千真万确的。

那么她就等着明天甲组一号来,带给她族长请她去的好消息吧。

※　　※　　※

第二天早上,贝贝一睁开眼睛,看见一只蚂蚁已经爬到她枕头边上来了。她高兴地喊:

"你是甲组一号吗?"

"不是我还有谁?你怎么只一夜就认不得我了?"

"你们长得实在太像了,叫我怎么分得出来?"

"其实我们每只蚂蚁都不一样。我们的族长很大,很壮,他整天在大堂发号施令,分配工作非常公平。"

"对了，你报告它我想去你们那儿，它有什么办法呢？"

"告诉你好消息：它教我带给你一个简单的咒语，你一念就会变小，小得跟我一样。"

"真的呀？什么咒语？"

"只有六个字：就是南无阿弥陀佛。"

"这是我妈妈天天念的呀，她一不小心踩到你们就会念阿弥陀佛。她只念四个字。"

"念六个字就会变小了。"

"变小以后会不会再变回来呢？"

"当然会，爬出洞以后，只要再念一遍，就变回来了。"

贝贝闭上眼睛，虔诚地念"南无阿弥陀佛"，真的变成跟甲组一号一样大了。她从床缘爬到地上，觉得那是好长一段路。甲组一号在前面带路，爬出大门。爬过草地就像穿过森林似的，跨过一块石头就像爬过一座山。贝贝觉得好累啊，这才知道蚂蚁有多辛苦。

"小心，快蹲下去，蟋蟀来了。"甲组一号警告道。

为什么要怕蟋蟀呢？贝贝心里想。抬头一看，原来那只蟋蟀比自己的身体大了几十倍。她吓了一跳，赶紧伏在草丛里，大气都不敢出。幸得蟋蟀一个蹦跳就从头顶跳过去了。

"哇！我真没想到蟋蟀会这么威风。"贝贝不禁叹了口气。

"你现在该知道，当你变得很微小的时候，从你眼里看出去，什么都不一样了。我们蚂蚁在这个充满伟大事物的世界里生存，总是步步为营，格外小心。尽管如此，我们每天出巡或搬运粮食，总有很多同伴死亡。这是没有办法的事。你们人类即使不是故意杀害我们，但死在你们脚下的真不知有多少呢。"甲组一号的声音变得非常凄凉,贝贝心里好难过,却感到无可奈何。

爬着爬着,已经进入洞口。贝贝四面一看,觉得里面好整齐、好清洁,却听甲组一号介绍道:

"这是第一层,是我们探察队和搬运队住的,下面第二层是粮食储藏库,第三层是田地。"

"还有田地?你们还会耕作呀?"

"当然,搬来的粮食是不够吃的。我们衔了新鲜的谷子来种,长出来就只吃一点点,舍不得呀。"

"我真是一点儿都不知道。"

"我们蚂蚁个个都是勤劳的工作者。像我吧,发现有粮食,小的就自己衔回去,大的就赶回去报告。有时带了搬运队回来,粮食已被别个家族的抢先搬走了,那么我们就会展开争夺战、拉锯战。每只蚂蚁都得衔着十倍于自身体重的粮食呢?"甲组一号得意地说,贝贝都听呆了。

"让我去报告族长,它在最里面的厅堂。你跟我来。"甲组一号带着贝贝往里走。忽然,一只雄赳赳的蚂蚁拦住去路说:"一号,你怎么带这只特别的爬虫来了?"

贝贝心里想:"我不是爬虫,我是人啊!"但她不做声。却听甲组一号说:"请你报告族长,我带了一位朋友来,是族长同意的。"

族长闻声从里面出来,大声问道:

"甲组一号,你带了朋友来?"

"是的!族长,她是爱好和平的好女孩,我们已经成了朋友。"

族长一听到"爱好和平"就高兴起来了，它一直希望的就是大家和平相处，不要有纷争，不要有残杀、死亡。它仔细注视着贝贝，贝贝也注视它，觉得它比甲组一号大多了，怪不得当族长呢，它头上的一对触须高高翘起，非常气宇轩昂。

人类都称他蚂蚁王，真有点儿像大王呢。贝贝马上向前，有礼貌地说："族长先生，谢谢你教我那六个字的咒语，我才能进到你们这里来。"

"是啊！南无阿弥陀佛。这是佛菩萨的名号，只要虚心地念，法力无边。这不是咒语，你妈妈不是天天都念吗？我们一听到这个名号就很安心。所以你想来这里，我就想起请你这样念。"

"族长，她就住在地面上那幢房子里，要参观我们的大家庭。她的名字叫贝贝。"甲组一号报告道。

"很好，但是贝贝小姐，都是你们盖房子，把我们的家挖掉了，害得我们要重建家园。"

"对不起，族长先生，我实在不知道。我也一点儿办法没有。"

"我们也不怪你，生存竞争本来就是很激烈的。你们也要有地方住呀。"

"族长真是有广大心胸的人，"贝贝心里想，比我们有些人还讲道理呢。贝贝真是很庆幸能见到它，高兴地说：

"族长先生，我知道你们找寻粮食、搬运粮食非常辛苦，尤其是有许多时候，你们常被人类伤害，有的是无心，有的是有意。但无论如何——总是很危险的。你的家族和我是这么近的邻居,让我们来个和平相处的协议,好吗?"

"和平相处的协议,那真是好极了。怎样协定呢?"

"我每天拿些粮食放在你们洞口,你们很快就可搬进来,就不必那么辛苦,冒那么大的危险了。"

还没等族长回答,甲组一号马上说:"贝贝,我不是跟你说过?我们宁愿辛苦冒险,也不愿不劳而获。"

族长把一对触须一抖,很威严地说:"甲组一号说得一点儿不错,我们全体都是勤劳工作的蚂蚁,不愿坐享其成。若你把粮食放在洞口,我们的工蚁就变得无事可做,探察队也不必出去探察,他们就会一天天懒惰了。所以你的这个好意,我们不能接受。"

贝贝的第一个建议被拒绝了,感到很不好意思。她很钦佩族长自食其力的训条和全家族的同心合作,于是又想了一下说:

"这样好吗?我们家地面上食物最多的是厨房,其次是我的卧室。这两个地方,你们定一个时间来搬运食物,我们一定不干扰。"

"有这样好的事?什么时间最好呢?厨房里是深夜最安全,白天会被你们踩死。"

"那么你们就在夜里来厨房,我把猫咪抱开,免得惊吓你们。我的卧室嘛,从中午十二点到下午五点,妈妈都不会进来。"

"好,就这样决定。但你爸爸妈妈同意吗?他们会相信你来过我们这里吗?"

"我一定要说服他们相信这是奇迹,世间一定是有奇迹的。我已经亲眼看到了。"

族长非常感动地爬过来，把一对前脚搭在贝贝的双手上，频频点头。贝贝觉得蚂蚁真是非常和蔼又讲道理的朋友，她满怀欣喜地说：

"我现在要走了。请甲组一号仍旧陪我回去好吗？"

"好！甲组一号，你护送贝贝小姐回去。贝贝小姐到了洞口，不要忘了念南无阿弥陀佛哟。"

"我一定记得。我以后要时常念，因为你说听到佛号，你们就感到安心。我要求爸爸以后再也不要用吸尘器吸你们了。"

"谢谢你，好心的贝贝小姐，你真是一位和平使者。"

族长再拉拉她的手，与她分别了。

甲组一号带贝贝出洞。贝贝一念佛号，身体马上恢复了原状。回头一看甲组一号，仍然是那么小小的一粒，但在贝贝的眼里，它一点也不渺小。它是她的好朋友，它以后再也不会咬她了。

※　　※　　※

贝贝拉着妈妈的手，回到卧室里，撒娇地说：

"妈妈，你看它！"

她指着枕头边一只蚂蚁。

"你看蚂蚁都爬到床上来了。你一定又不听妈妈的话，在床上吃甜东西了。"妈妈说。

"嘘！小声点儿，不要吓到他。它是我的朋友，叫甲组一号。"

"贝贝呀，你又在做梦了？"

"妈妈，我不是做梦，真的不是做梦。甲组一号带我去过它们的大家庭，我见到它们的族长，我们谈了好久。甲组一号又送我回来了。"

妈妈爱怜地看着女儿。想起自己平常老是讲蚂蚁的故事给她听，她听得真的着了迷，爱幻想的孩子就编起故事来了。妈妈索性顺着她问：

"你们都谈了些什么呢？"

"我们做了个君子协定，妈妈你一定要同意哟。以后，我们厨房地上掉的一点儿饼干屑，你不要扫掉，蚂蚁深夜会来搬走。我的房间里，下午十二点到五点，蚂蚁会来巡逻一圈，你也不要去踩他们。甲组一号，你说对吗？"

枕头边的蚂蚁一直伏在那儿，一动不动。这时扭了下身子，把触须举得高高的。妈妈一看，不觉笑出声来说：

"你这小东西，还真有灵性。难道你真是甲组一号？贝贝真的去过你们家？她不是做梦吗？"

蚂蚁没有回答。只斯斯文文地沿着床单爬下来。贝贝伸手过去，他就爬到贝贝的手掌心里。贝贝说：

"甲组一号，你听见我对妈妈说了吧？妈妈一定答应的。妈妈，对吗？还要劝爸爸不要用吸尘器吸它们，同意吗？"

妈妈笑得好和蔼，看着贝贝手心里的蚂蚁和贝贝对蚂蚁说话时那份认真专注的神情，点点头说："当然同意。"

贝贝抬着手，小心翼翼地把甲组一号送到院子里的玫瑰花丛下，让它回家，如同妈妈平日慈爱地轻轻捉起蚂蚁那样送到门外。

老伴·老拌

好友的儿子若川有好一阵子没来了,热心的妻倒老是惦记:"怎么一直不见若川来?不知他女朋友交得怎么样了?"

"你放心,他有好消息自然会来向我们报告。大概是处得很热络,忙不过来了。"

"若是没有眉目呢?我倒想介绍我的内侄女儿给他。但我又怕若川有点不稳定,总是见异思迁的样子。你看他这一两年,前前后后带了好几个女孩子到我们家来,我看来都挺好的,但都交不长。也不知是他看不上女孩子,还是女孩子看不上他。"

"这不叫见异思迁,这叫做精挑细选。"

"什么精挑细选?人嘛,哪个没缺点?总要从好处看呀。就拿你我来说吧,半新半旧的婚姻,可总是碰上了就算数,还不是过一辈子啦!"

"太太,你这套婚姻理论,算了吧!你不是常常咬牙切齿地怨恨男怕入错行、女怕嫁错郎吗？你嫁错了我，后悔莫及。"

"你也跟我吹胡子瞪眼呀！泥菩萨还有股子土气呢，何况一个做妻子的要照顾丈夫，照顾儿女，忙里忙外，没完没了的事。丈夫如果摆起大男人架子，谁受得了？"妻说着说着，好像气上心头，把一碗刚煨好的红枣白木耳往我面前桌上一摆，大声地命令："快趁热吃吧！别尽是只顾看报。凉了吃下去又要喊胃不舒服了，真难伺候。"

其实我并不饿，但不愿辜负老妻好意，端起来喝了一口。红枣香直透心脾，不免心存感激。

"够不够甜呀？"她问。

"差不多，好像淡了点儿。"

"怎么叫好像淡一点儿？话都说不清楚。不够甜就加糖嘛，糖就在碗橱里，自己拿。"

"算了，算了，别麻烦，上了年纪还是少吃糖好。这红枣就是自然的甜，比什么都好。"我心里想说："真谢谢你煨这么好的白木耳给我吃。"但说出来显得多没意思呀？

"我本来还想加葡萄干，偏偏没有了。"

"不行不行，加了葡萄干就太复杂了，有点三不像。"

"什么三不像？你这人就是这样死板，一成不变。加了葡萄干才好吃，而且葡萄干是补血的。"

"那点儿葡萄干补什么血？而且它的酸跟红枣的甜对冲了，岂不是三不像吗？"

"好了好了，你不喜欢就不喜欢。下次我可一定要加葡萄干。"

"你要加就加吧。反正你什么事都不肯采纳我的意见，真固执。"

"我固执？你不固执？你哪样听我的？"

"好了好了，太太，你总是火气这么大。"我真想加一句："这样吃下去的白木耳也不会补。"但我毕竟忍住了。男人嘛，总得有点儿肚量，何况她这一年来身体不好，容易动肝火，时常有点儿无理取闹。按理还会有第三个更年期吗？想想我若是再跟她顶下去，一定没完没了。不如赶紧鸣金收兵，换个题目说："今天是星期六，若川说过要带女朋友来的。若来了，我们怎么招待？我看还是到西餐馆子里去吃吧。"

"为什么要到馆子里去吃？又贵又不好吃，味素一大堆，舌头都吃麻了。我宁可自己做。"

"我是体谅你太累了。平常做一两样菜你都喊脚后跟疼，招待客人做多了不是更累吗？"

"那不用你管啦，你反正是君子远庖厨，只顾吃就是了。你不是说只有客人来才有好菜吃吗？好像我平常都是虐待你。"

"岂敢，岂敢。"我心里想，她怎么变成这样左不是、右不是呀？结婚以前，不，十年前、五年前都不是这个样儿，真个是老夫老妻是老拌也。我只好闭上嘴，拿起报纸来看。翻到副刊版，看到一篇文情并茂、风趣横溢的文章，写的是夫妻情，是该刊"亲昵时刻"专题征文。我又不免兴致勃勃地对老妻说："你看这篇文章写得真好，你不妨也写一篇。你写了我来替你抄。我的字比较清楚，主编好认。"

"算了吧！我就是写了也不让你看。你总是批评一大堆，用字不妥啦，标点不正确啦，说得我兴味索然。何况我若是写也不写夫妻情，我要写友情、乡情、师生情。"

"好好好，你写什么情都可以，只要是真情就好。"我仍然意犹未尽，不禁接下去说，"其实写写我们四十年来的甘苦备尝也很有意思。回想我们刚刚成家时，两手空空，租不起房子。一时又无宿舍配给，只好暂时住在大楼底层一间浴室改造的螺蛳壳似的小房间里。水门汀地，春天泛潮，我们每天得擦好几次。你美其名为'水晶宫'，还作了一首《鹊桥仙》歌颂一番。我最感动的几句是：'米盐琐事费思量，已谙得人情几许。''水晶宫里醉千杯，也胜似神仙俦侣。'"

她定定地看着我，半晌，忽然叹了口气说："那时的心情，确实不同。如今是连'如兵'的劲儿都没有了，还说什么'神仙俦侣'？"

她那份失落的神情，使我暗暗吃惊。难道真的是我大而化之，对她不够体谅？可是我又怎么接下去说呢？正好此时，门铃响了，来的正是若川。他看去神情有点儿沮丧。妻连忙问他女朋友交得怎么样了，他浅笑一下说：

"吹了，张小姐、李小姐都吹了。"

"怎么回事呀？"我奇怪地问。

"与这两位小姐结识交友，时间虽有先后，但在我心中觉得实在各有各的优点，难以抉择。为了诚意与慎重，我给她们各写了一封情辞恳切的信。看她们二人的反应如何再做决定。"

"结果呢？"妻迫不及待地问。

"结果呀，两封信都被退回来了。"

"都不接受？"我也有点儿代他泄气。

"是我昏了头,把两封信套错了,给张小姐的信寄了李小姐,给李小姐的落到了张小姐手中。这还会有好结果吗?"

"你真是糊涂。"我叹了口气。

"什么糊涂?这叫做咎由自取。"妻生气地说,"谁叫你走马灯似的尽换朋友,没有长性。朋友相处以诚,男女朋友都一样。将来结了婚,更当两心相许,相处以诚。"

她的那套婚姻理论又来了。我连忙插嘴道:"这次得了教训,以后你真得定下心来。好好地选择理想对象了。"

"老伯,我觉得对象没有什么理想不理想,情投意合,自然就是理想。我现在很后悔写那两封信。其实我并没有要欺骗她俩,我都是句句据实说的。那天正好姐姐回来,她和姐夫总是五日一大吵,三日一小吵,泪眼婆婆地回来向母亲诉苦,害得我父母亲也吵架。我觉得一个人打从要结婚起就烦恼,结了婚,生儿育女,到头发白了,还为儿女烦心。当时心绪一乱,就把信封弄错了。这样也好,一了百了。我情愿独身了。"

"你也真是,这么点儿小挫折就要抱独身了。"心直口快的妻大不以为然,"夫妻是缘,无缘不聚;儿女是债,非债不来。这就是人生。你看我们四十年夫妻,还不也是五日一大吵,三日一小吵吗?但是再怎么吵,却是打也打不散。老伴儿,你说对不对?你不是还要我写'亲昵时刻'吗?"

说起婚姻理论来,妻总是那么几句空论,这会儿却眉飞色舞,刚才那副咬牙切齿的神情已一扫而光。我也不由得打心眼儿里高兴起来,附和着说:"可不是吗?夫妻是缘,无缘不聚啊。你现在该相信,我们这对老拌嘴的老伴儿,到底儿是打不散的。"

若川望着我们笑颜逐开的快乐神情,感动地说:

"我爸爸妈妈常羡慕您二老感情好,总有说不完的话。我倒真觉得所谓的'亲昵时刻'是属于你们老年人的。我们年轻人体会不到那么深。"

妻马上接口说:"哪里?年轻人的浓情蜜意才叫甜蜜呢!想起中学时背《罗密欧与朱丽叶》的台词:'和你相守六年就像只有六分钟,和你分别六分钟就像是六年(Six years with you like six minutes; six minutes without you like six years.)。这才是真正的'亲昵时刻'啊!到我们这种年龄,夫妻已不是爱情而是恩情,也可以说不只是情而是义了。"

若川呆呆地听着,若有所悟地说:"伯母,我完全懂了。夫妻不但是情深似海,更是义重如山。"

"一点儿不错。"妻高兴地说,"你懂得这个道理,交女朋友彼此都以德性为重,其他方面就不会苛求了。"

她对小辈们满心的关爱,一脸的慈祥,与刚才对我一个钉子一个眼的神气判若两人。我也马上相信她的婚姻理论:彼此当以德性为重,其他方面就不必苛求了。我正在沉思默想,她回头问我:"你在想什么?"

"我呀,我想写一篇文章,题目就叫《老伴,老拌》。"

"太好了,写了寄给'亲昵时刻'专栏。"若川拍手道。

"你不要写,我来写,你写什么都词不达意。"她把脖子一昂,那股子神气活现又回来了。

"好,你写你写。"当着若川,我得表示风度,不跟她拌嘴了。

十分好月

姑姑十指尖尖的一双玉手,搓着雪白的糯米粉,搓出一颗滚圆的汤团,放在淡蓝色瓷盘的正中央。就这么一颗,跟平常不一样。平常她总是手掌心一合,一下子就搓出七八颗来。这回,她搓好一颗大的,又摘了一粒小小米粉团,搓了三粒小汤团放在大汤团边上,嘴里念着:"三星伴月。"我说:"不对呀,姑姑。三星伴月是字谜,谜底是'心'字。那个月亮是钩钩,不是圆的呀。"姑姑笑笑说:"傻女孩,今天是中秋节,中秋的月亮当然是圆的喽。"我偏偏又说:"也不对,古文里说'月明星稀'。月亮圆的时候,就看不见星星了。"

姑姑有点儿生气了,说:"不跟你掉书袋了。总之今天是中秋节,什么都会圆满的,团团圆圆的。"

我恍然大悟,马上说:"对啦,团团圆圆。姑丈今天晚上就要赶到家,跟姑姑团圆了。"

姑姑笑了,一把拉着我到厨房窗口说:"看看天上的云层有没有散开，都阴了一天了。"

云层似在飘动，但月亮还没露出脸来。在灶边正忙着的母亲回头看看天色说："还早呢，再过一个时辰就云开见月了。你看树梢上的风不是吹起来了吗？"

母亲的天文地理，我们都十分相信。

二叔婆的孙子毛弟一直站在后门口，等阿川叔从城里回来给他带又香又脆的芝麻月光饼。姑姑好几次朝后门看，却不好意思走去等，因为她不能确定姑丈乘哪班小火轮回来。

阿川叔回来了，挑了满满一担货色。毛弟边跳边拉住竹箩。阿川叔一卸下扁担，毛弟就把大半个身子钻进箩里，捧出个大文旦，又抬头嚷着要阿川叔手中提着的月光饼。阿川叔把月光饼挂在柱子上，对毛弟说："这回不要碰，晚上祭了月光菩萨再掰开分给你吃。文旦就乖乖地放在饭桌上，不要当皮球玩，是要插香球供月光菩萨的。"

插香球是把香点燃了，团团插在文旦上，再用竹竿插入肚脐眼。把条凳竖起，竹竿套在凳脚上，高高举在空中，眼看点点星星的火花在夜空中闪耀，原是最好玩的事，也是拜月光菩萨节目中最精彩的一幕。但叫人担心的是，月亮老是躲在云层里不出来；更担心的是，姑丈迟迟没有到。在平时，这已是最后一班小火轮了，今夜中秋，特别加一班，那么下一班，姑丈一定会赶回的。他怎么不早一点从杭州动身，一定要赶在最后一刻，赶得月光已升到天顶才到呢？我好替姑姑急。姑姑和姑丈结婚才两年，天天都在盼待：盼信，盼姑丈回来。

姑丈要接她去任上同住，她不肯，为了要侍奉翁姑。她是个孝顺儿媳,照顾翁姑无微不至。空下来就看书写字。幸而我们住得近,她常来陪母亲聊家常,陪我读书。她那满肚子的诗词真叫我佩服呢。唐诗里那首李商隐的《嫦娥》,就是她教我背的。

她把嫦娥偷吃了丈夫的长生灵药,不自禁地飞到了月宫里,变成了月里嫦娥的故事讲给我听。诗人猜想嫦娥住在冷冷清清的月宫里,一定很寂寞很后悔吧!听姑姑低吟起"嫦娥应悔偷灵药,碧海青天夜夜心"时,音调非常凄婉,她心中的寂寞也可想而知了。记得去年中秋不巧是个下雨天,没有月光,姑姑在我的习字簿上随便写了两句诗:"嫦娥恐引离人恨,不见嫦娥恨岂消?"我觉得满有意思的,问她有没有给姑丈寄去。她摇摇头说:"没有,我不要让他觉得我恨这恨那的。倒是抄了三句古人现成的词给他:'况屈指中秋,十分好月,不照人圆。'[①]他心里也就有数了。但我一点儿也不怨他,他公事忙,离不开嘛。"姑姑真是贤惠体谅的好妻子。但愿姑丈今年中秋再也不要令她失望。

姑姑把蓝瓷盘里的"三星伴月"再端详一番,放在桌上,也没心思帮着插香球,就进屋去了。我却听阿川叔悄悄地对母亲说:"听城里杨老爷说,姑爷打长途电话给他,说有重要公事,赶不回来过节了。"

"怎么会忙成这样?过节都不回来。"母亲对我眨眨眼,示意不要对姑姑讲。但姑姑等待落了空,总归要知道的呀。

阿川叔又把声音压得更低,说:"杨太太的底下人说,姑

---

① 出自辛弃疾《木兰花慢》。

爷不是公事忙,说是有了个着学生装的姑娘,常常和他同出同进呢。"

"不要乱讲,姑爷是正正经经的人。"母亲有点儿生气,我却大为吃惊。着学生装的姑娘是什么人呢?姑丈怎么可以摆着这么贤淑美丽的妻子,另外有女朋友呢?

阿川叔又说:"太太,你不知道,姑爷在外路当差,是个新派人。他又长得那么体面,女学生都会喜欢他的。天下有几个坐怀不乱的真君子?"

"不要胡说八道。"母亲越发生气了。

我只是低头不语。如果姑丈真有了女朋友,真不回来,姑姑会多么伤心?母亲和我又如何安慰得了她!她要做一个孝顺儿媳,不去与丈夫相依相守,实在是太过牺牲了。难道孝道与爱情难以两全吗?如果姑丈真是如此见异思迁,那么姑姑如此地一往情深,就未免太不值了。

天已完全黑了,云层破开,月亮已隐约可见。姑姑换了一件浅色的短衫出来,笑着问阿川叔加开的小火轮什么时刻会到。阿川叔说不一定,要看下乡客人多少。

姑姑对我说:"阿莺,陪我去船埠头看看好吗?"

她是要去接姑丈。我真担心她接不到会更失望,但我怎敢告诉她姑丈不回来的消息呢?况且杨宅有些话也可能是传闻之误吧!于是我连忙高高兴兴地说:

"好,我们一同去。"

正打算走,忽听毛弟拍手喊:"啊!月亮来喽,月亮来喽!"

姑姑马上抱起毛弟,跑过去把厢房的另一扇窗户打开。

毛弟又喊:"这里还有一个月亮。"

"傻瓜,就是那一个月亮呀。"我笑他。

"我要好多好多月亮才好玩嘛。"

姑姑满脸笑容。月亮出来了,滚圆滴圆的,象征着团圆,姑丈一定会回来的。我和姑姑手挽手走向船埠头。这条路,姑姑为了盼信去迎邮差,每个星期三、六都要拉我走一趟。如果能从邮差手中接来姑丈的信,她心头的快乐就会涨得满满的,信收在贴身口袋里且不看,只顾与我有说有笑。如果扑个空呢?她就会忧郁地哼起诗词来。

深秋的夜,弥漫着晚稻花香气。我们在田埂路上走着,月亮一路送着我们,照着姑姑热切企盼的神情。远远地,已听到小火轮的汽笛声。等我们走到埠头时,下乡的乘客已全部上岸,却不见姑丈的踪影。姑姑的眼中漾着泪水,我说:"可能是渡船让了班次,明天可能会到的。"

她默默无语。我们没精打采地回到家,看阿川叔已把香球插好,毛弟快乐得直跳。

一不小心,挂在柱子上的香脆大月光饼碰跌在地上,砸成好几片。母亲马上念道:"碎碎细细,大吉大利。"又看着姑姑神情黯淡,马上说:"拜拜月光菩萨,十五月光十六圆,到明天才真正圆呢。"

好心的母亲还在帮着姑姑盼望,姑丈明天会回到家。我心里想,如果姑丈真的把姑姑忘了,痴情的姑姑往后的日子怎么过?如果姑丈有心赶回来,明天到家该多好。母亲说的,十五月光十六圆。母亲什么都往好处想的。明天是姑姑最大的盼望,也是我最大的盼望。我多么盼望他们是一对永远幸福的夫妻。

听隔屋姑姑一直辗转不能成眠，我也没有好睡。天刚亮，我忽然想起一个主意，就悄悄起身到乡村小学去打个电话到城里杨伯伯家，问他姑丈究竟回不回来。接电话的正是杨伯伯，他告诉我，姑丈终于赶回来，海船进港已是夜深，没有小火轮可以回家，也雇不到小船，只好在他家书房里坐待天明，已经赶第一班小火轮回家了，叫我快快告诉姑姑。末了，杨伯伯还说特地让姑丈带了一盒稻香村的广东月饼给我们吃。

我这一惊喜真要发狂，三步两脚奔回家。刚进门，却又恶作剧地想暂时不告诉姑姑这个好消息，只是拉她起身再去船埠头看看，可能姑丈会搭第一班小火轮回来。

"你去吧，我不去。"姑姑没精打采地说。

"我去干什么？我又不等人，不盼信。"

姑姑笑了下，胡乱梳了下头发，跟我开后门出去。毛弟也老早起来，为了捡那个点过香的文旦。他已捧在手里，燃过的香梗已经拔去，文旦皮上留下一点点的窟窿。他追上来喊："你们到哪里？我也要去。"

"把文旦扔了就带你去。"我说。

"我不要，我要剥开来吃。"他舍不得扔。

"吃了会变麻子，毛弟，回头我给你一个新鲜的。"姑姑会哄。他就把麻皮文旦放在后门口，跟着我们一同去了。

清晨的稻田，空气格外香甜。我的一颗心快乐得几乎蹦出来，却偏偏装出一副迫切的神情，哄着姑姑干着急。我说：姑丈会不会因为海船误了点，昨天深夜才到，今天一早赶第一班小火轮回来？

"谁知道他?他若是回来了,为什么不从杨宅打电话到乡村小学托人转告我?也好叫人放心。"

"您也真是的,大家都回家过节了,谁在小学值班接电话呀!姑丈又不是什么司令官。"

姑姑听得笑起来了。我又逗她:"如果姑丈回来了,您该赏我什么?"

"他回来,要我赏你什么?"

"我一趟一趟地陪您跑,起码您得给我一只广东月饼。"

"我哪来的广东月饼呀?"姑姑咯咯地笑起来。

"姑丈一定会带回来的呀,是城里稻香村的广东月饼,有五仁的、百果的、枣泥蛋黄的,好好吃啊!"

"我也要吃。我要吃一个大蛋黄。"毛弟插嘴。

"你们真在说梦话吧。"姑姑只觉得好笑,却急急向前走去。远远地,已听见小火轮"托托托"地驶近了。我们快步走到岸边,看见船已靠岸,舱门启处,第一个跳上岸的就是高大英俊的姑丈。姑姑惊喜得呆住了。我把她向前一推,说:"我没猜错吧!不是回来了吗?"

姑丈一双闪亮的眼睛望着姑姑,一手提着旅行箱,一手挽着姑姑的肩膀。我拉起毛弟的手,先飞奔回家,把他们俩远远抛在后面。

一进家门,我就大喊:"妈妈,姑丈回来了。"

"姑丈和姑姑在后面,走得好慢啊!"毛弟说。

母亲正在厨房里忙早餐,听我们这一喊,笑开了脸说:"真的回来了。我说呢!过团圆节嘛,哪有不回来的?你姑丈不是那种人。"

阿川叔正捧着木盆洗脸，伸伸舌头说："真不知哪来的谣言。"

可是我心中仍浮着一片疑团。俗语说，无风不起浪，无针不引线，究竟有没有那个穿学生装的女孩呢？

姑丈打开手提箱，取出一盒广东月饼，说是杨伯伯让他带回给大家吃的。母亲立刻说："等晚上供了月光菩萨，你们双双拜过，许了心愿，大家再分来吃吧！"

我笑对姑姑说："姑姑，我向你讨广东月饼吃，不是讨着了吗？我算准姑丈会回来，会带一盒月饼回来。"

"你怎么会算得这样准？"母亲问。

"杨伯伯告诉我的。"我得意地说。

"杨伯伯告诉你的？"姑姑奇怪地盯着我。

"我悄悄地去打电话问他，才知道姑丈已经回来了，要赶早班小火轮回来。姑姑，对不起，害你多盼了一个小时，我是为了要给你一个意外的惊喜呀。"

"你这个丫头，也真太顽皮了。"母亲笑骂道。

我讨好地抱住母亲说："妈妈，你的金口说得真对，十五月光十六圆。今天不是十六吗？今晚的月光一定比昨晚更圆更美。姑姑，您说对吗？"

姑姑啐了我一口，双颊红红的，圆圆的脸蛋比月亮还美呢。

"你总算赶到了，但为什么把日子卡得这么紧？不会早几天动身吗？"母亲问姑丈。

"大嫂，您不知道，船票很难订。我工作太忙，又不能早走，差点儿回不来，幸得一位单身的同事愿为我照顾一切，叫我放心回来。"

"您去年没有回来，今年再不回来，姑姑可真要伤心了。"我说。趁着姑姑走开一会儿，我悄声问他："我问您一件事，您得老老实实告诉我哟。"

"我什么事骗过你？"他有点儿奇怪我神秘兮兮的样子。

"有没有一个穿学生装的女孩时常到您办公室去？您也常常陪她同进同出？"

"有呀！她是我嫡亲侄女，我哥哥的女儿。她从宁波到杭州来，刚考取大学，人地生疏，做叔叔的我能不照顾吗？你怎么会想起问这样的问题？侄女的事，我与你姑姑提过的。"

姑丈的话，母亲也听得清清楚楚，我们这才知道完全是一场误会。幸得我未当新闻与姑姑说，说给她听，她会笑弯腰呢。姑丈忽又以凝重的神情对我说："你年纪太轻，有许多的想象。我现在只简单地告诉你一句话：两个人相知相爱，两心相许，是一生一世的事。等你长大点儿就懂了。"

我连忙接口道："姑丈，我现在已经懂了。"

姑丈拍拍我的肩说："你懂了，就不要乱猜了。"

姑姑端了一杯热腾腾的普洱茶给姑丈，姑丈接在手里，低声对姑姑说："去年中秋，我没有能回来，感到很难过。尤其是看到你信里引的词句：'屈指中秋，十分好月，不照人圆。'为了工作，我们总是聚少离多。"

他们在诉离情，我原当走开的，但顽皮的我忍不住插嘴道："现在这词句要改一下了。"

"怎么改呢？"姑丈眼睛定定地望着姑姑。

姑姑沉吟了一下，慢吞吞地说："改为'又到中秋，十分好月，长照人圆'。只改三个字，如何？"

姑丈连声赞好。风趣的母亲说："可不是吗？十五月光十六圆，真是十分好月啊！"

母与女

人物：

母亲——旧时代农村妇女，中年。俭朴勤劳，慈爱忍让。

女儿——小春，十二三岁。懂事，淘气。

五叔婆——六十多岁，怨天尤人的碎嘴老婆婆。

外公——七十多岁的慈祥老人。

时代背景：民国十几年。

地点：大陆江南某乡村。

布景：

（1）农村的厨房——有灶、四方饭桌、碗橱等，桌边有两条长凳、一张旧藤椅，柱子上有一口旧自鸣钟。

（2）卧室——床、床头小橱、小方桌、衣橱等，墙上有小春父亲的照片。

第一场

时间　秋天的午后

场景　厨房

母亲在灶边忙碌着,五叔婆在长凳上眯起眼睛,一面用耳挖子挖耳朵,一面打哈欠。

母亲:阿荣伯怎么还没回来拿点心?太阳已经晒到门槛边了。

小春:(看一下钟)妈,钟才两点,不准的呀。

母:用不到看钟,看太阳脚就晓得几点了。

春:(看看太阳再看看钟,忽然像想起什么似的)您那只金手表准不准呀?

母:我也不去开它,哪晓得它准不准呢?

春:妈妈,您的金手表为什么不戴呢?

母:(笑)哪个做粗活还戴金手表的?

五:不戴会生锈哟!后天有庙戏,你就戴了去看戏吧。你有手表都不戴。五叔公去了欧洲多少年,也没给我寄一块表来,连信也没一封。

春:妈妈,你不戴就让我戴吧!

母:(从锅里取出热腾腾的糕,放在盘子里,再用竹篮装了)先把糕送到田里给阿荣伯吃,晚饭以后再给你戴金手表。

春:我好高兴啊!我有金手表戴喽!

(蹦蹦跳跳地走出门)

五:看她这样蹦跳,一定会把盘子打翻。

("砰"的一声,小春哭丧着脸,提着篮子回来了)

春：妈妈，我不小心跌了一跤，盘子滚了出来，糕全粘上土了。

五：我说的嘛，蹦蹦跳跳，准会跌跤。

母：（一声不响地再取出糕装在另一只盘子里，放进篮子）再送，这回小心点儿喽！

（小春奇怪母亲没有责备她，很小心地提着篮子走了）

五：她已经跌了跤，你还叫她送呀？

母：她跌过跤，自然会小心了。我若不要她再送去，她往后就越发胆小，不敢做事了。

五：你的想法跟我不一样，姑娘要管得严。十几岁了，走路还三脚跳，赶明儿做了媳妇，婆婆看了就不会顺眼。

母：还早呢！她长大了自然会斯文。

（外公从外面衔着旱烟筒慢慢走进来，坐在藤椅里）

外公：小春呢？

母：给阿荣伯送点心去了。

五：她已经跌跤，打翻了盘子，她娘还要她送。

外：你放心吧，她娘叫她送，她会好好送到的。

母：外公，我记得小时候，有一次帮娘提水，路太滑，跌了一个大跤，水洒了满身。娘没骂我，您只站在边上笑，也不来扶我。我一赌气，一骨碌爬起来，浑身湿淋淋的，再去提了一满桶，一点儿也没再洒出来。

外：就是嘛，你从小就是这样好强。

五：小春像她娘，牛脾气。

外：乡下姑娘嘛。小春又老是跟牛在一起玩，怎么不变得牛脾气？

（小春一路蹦蹦跳喊着进来）

春：外公、妈妈，邮差来了！邮差来了！我看见他老远从山脚下稻田那边走来了。

母：（欣慰地）哦，今天是星期三，邮差会来。

外：明天是中秋节。小春，你爸爸一定会赶在节前写信来的。快赶上前去拿吧！

春：我不要，我要站在后门口等，等邮差先生走到我跟前，把一封厚墩墩的信递到我手里，那才开心呢。

五：你这孩子真怪。

春：五叔婆，您不懂，多等一会儿，多一点儿希望，拿到信就格外高兴。

五：等落了空，也格外生气。

春：五叔婆，您干吗老是说泄气话？

（小春去后门口等了一回，回来时有点儿垂头丧气，手里没有信，却捧着盒月饼）

春：邮差先生说这星期没有我们的信，下礼拜一定会有。又要等一个礼拜了。（把月饼举起）看，是邮差先生送我的城里月饼，猪油豆沙馅的。他说里面还有鸡蛋黄呢，好讲究啊。

母：月饼先别吃，要供祖先。供过了，请外公分给大家吃，我是不吃猪油的。

五：没有信，只要有月饼，小春就开心了。

春：（恨恨地瞟她一眼，又看看母亲，母亲只顾低头炒菜）五叔婆，你才不懂哩！

（把月饼放在桌上，在长凳上骑马式地坐下来。地上的小猫抓着她的脚背想爬上来）

春：走开走开，今天我心里不高兴，不想抱你。

外：（敲着旱烟筒，笑嘻嘻地）小春呀，小猫是你的宝贝，怎么今天不喜欢它啦？

春：爸爸真差劲，中秋节都不来信。

母：你给你爸爸写封信吧。

春：我已经写过两封了。他不来信，我干吗又要写？

外：做女儿的要给长辈多写信，写信会把文章练好。

春：给爸爸写信要写文言，好累啊！写了"父亲大人膝下敬禀者"就写不下去了。

五：写什么文言信？画一把赶牛的竹鞭子，催他快快犁（来），他就懂啦！

母：（笑）叔公在德国，您画了几把竹鞭？

五：我才不去催他哩！他是做生意没赚到钱，不肯回来。不像小春的爹，做了官，在外面又讨了小，才不回来。

母：（皱了下眉头，转向小春）小春，把脚放到凳子一边来。姑娘家不要这样坐，不好看。

春：（生气地嚯地站起，不小心推倒了长凳，差点儿压到小猫。小猫吓得咪呜咪呜地狂叫。外公连忙俯身抱起，在怀里抚爱着）外公，它没压坏吧！

五：看你，差点儿把它压死了。一只猫有九条命，看你怎么赔得起？

春：我又不是故意的，你别吓我好不好？（从外公手里抱过小猫，走来走去哄它，拍它）

五：别走到我身边来，你身上的跳蚤有一担。

春：（把脖子一缩，低声问外公）外公，一只猫真的有九条命吗?

外:只要你疼它,一条命、九条命都是一样的。

春:若是有九条命,它死了就要投九次胎喽!

母:过节了,不要乱讲话。要说猫"倒"了,猫狗"倒"了。我们念经超度它,它有几条命,就超度几条命。

(边说边把蒸好的枣泥糕拿出摆在盘子里,准备祭祖用)

春:(数着)一、二、三、四、五。

母:得说"一双""两双""五子登科"。

五:十一要说"出头",你妈嘴里没有不好听的字眼。

母:(笑)五子登科,保佑你长大了中个女状元。

外:要考中女状元,现在就要好好读书,不能成天在田里摸田螺喽。

五:中了女状元,接你妈上京城享福去,跟你爸住在一起,就不用天天伸长脖子盼信了。

春:(高兴起来)妈,您坐下,我给您捶捶腿。您忙了一天,太累了。

(母亲在长凳上坐下,小春蹲下来捶腿,嘴里像放鞭炮似的,快速地数着一、二、三、四、五……才捶几十下,就数到一百了)

春:我捶两百下,等一下要多吃一块枣泥糕和月饼。

母:城里的月饼好吃,多留点儿给你外公吃。我多给你两块枣泥糕,吃饱了可别忘了给你爸爸写信哟!

春:知道了。(又念)"父亲大人膝下敬禀者"。

外:(摸着胡须笑)你这会儿是"母亲大人膝下敬捶者"。

春:外公,您真好玩。您给我想想,给爸爸写些什么呢？

外：就跟讲大白话一样，把家里和你妈怎么过日子都一样样告诉他呀。

春：对了，最后，我要加一句妈想念爸爸，"一日不见，如隔三秋"。（向母亲）妈，对吗？

母：你那些文绉绉的词儿，我不懂。

外：（点头微笑）

第二场

时间　晚饭后

场景　卧室桌上点着菜油灯

母：（把双手在脸盆里泡一阵，用毛巾擦干，仔细看着手背）小春，把鸡油拿来给我抹一下，我的手裂得好痛呀！

春：（拿鸡油给她抹）妈，您手上的裂缝就像一张张小嘴。还没到冬天呢，就裂得这样多。手背的筋一条条鼓起来，就像地图上的河流。

母：老了嘛，老人的手就是这样。

春：以前大家都夸您的手像一朵兰花，又细又柔软。阿荣伯说您有一双玉手，后福无穷。

母：什么叫后福无穷？庄稼人靠勤俭，靠一双玉手又有什么用？

春：五叔婆说您的手没从前细了，眼力也没从前好了，绣出来的花也没从前漂亮了。

母：（不服气地）哪里的话？我绣了一辈子的花，摸黑都绣得出朵朵刚开的牡丹花。把我的针线盒捧起来,给你爸爸绣的拖鞋面还没绣好呢。

(针线盒是母亲的聚宝盒,一格是针线,一格是首饰,一格是书信。小春最开心的事,就是掏母亲的聚宝盒)

春:妈,这是爸爸的信。今天没收到信,就来念旧信吧。哦,这封好早喽!

母:那是陈年百古代的一封了。不要念啦!

春:(只顾念起来)"梦兰妹如握……"(咯咯地笑)妈,您的名字叫梦兰,好雅致啊!是外公给您取的吗?是外婆梦见兰花生您的吗?

母:(笑眯眯)你去问外公吧!

春:(顽皮地)我早已经问过外公了,外公说:"你去问爸爸吧!"爸爸在杭州,那么远,我才不敢写信问他呢。我猜一定是爸爸给您取的。

母:(陷入沉思)那真是陈年百古代的事了,你还没出世呢!

春:是您和爸爸刚结婚的时候吧。外公常常说,爸妈刚结婚的时候,我还在杭州关头学狗叫呢。

母:是呀,现在这只"顽皮狗"都十几岁了。

春:(一面看信,又念)"梦兰妹如握",妈,爸爸给您取名叫梦兰,一定觉得您文静得像兰花,而且是一朵散发淡淡清香的素心兰。

母:我哪有那么雅?一个乡下女人!

春:您别那么说啦,乡下姑娘才纯洁可爱呢。您看,爸爸写着"如握",就是说,他的手紧紧地捏着您的手——您的一双兰花手。

母：（无限的回味，无限的怅恨，幽幽地轻叹了一声）如今再也不是兰花手了。你不是说我手背上的筋鼓起来，一条条像地图上的河流吗？

春：不管怎么样，妈妈的手仍旧是一双万能手，又会烧好菜，又会蒸糕，又会织毛衣，又会绣朵朵新鲜的牡丹花、喜鹊梅。

母：再是一双万能手又有什么用？

春：妈，您是说牵不回爸爸的心吗？

母：别再说这些了，说点开心事儿吧！（拿起手工来做）

春：对了，您不是答应给我戴金手表吗？（从放首饰的那一格里掏出来，戴上了。举起来得意地比着，又看看时针）停了很久了，您也不开发条。

母：停就让它停吧。表走不走，对我都一样，我总归是一天忙到晚。

春：（开手表发条，放在耳朵边听）妈，这是您的嫁妆吗？

母：这倒是你爸爸买给我的，说是什么柿子牌的，有名的表。

春：柿子牌？（咯咯大笑）不是柿子牌，是瑞士出品的啦！老师告诉我，瑞士的表最有名。

母：我也不管它是柿子牌、桔子牌，只要是你爸爸给的，就是世上最好的表。

春：妈，讲讲您和爸结婚时候的事儿给我听听好吗？

母：那又是陈年百古代的事儿了。（抬头望墙上照片）

春：讲嘛，您就是讲一百回，我也听不厌呢。

母：（沉入回忆）那时，他穿的是黑缎马褂、水蓝湖绸长衫，里面套的旧棉袍，下摆长出半截。好土啊。

春：您记得好清楚呀。

母：他四平八稳地坐在床沿上，一双手平平地放在膝头，腰伸得直直的，一点儿也没有小时候顽皮的样子了。

春：你们俩是表亲，是青梅竹马的小朋友。

母：但是一订了亲，我就躲起来不见他了。虽然是表亲，仍旧要避嫌。

春：（顽皮地）直到洞房花烛夜，您才从红纱巾底下偷看爸爸喽。

母：你外婆交代过我，并排儿坐在床沿上的时候，要记得把绣花袄的下摆衣角捏紧，别让新郎官坐住。让他坐住了，就要一辈子向他低头了。

春：那么您捏紧了没有呢？

母：我那时心慌，哪里记得呢？等想起来时，已经给他坐住了，又不敢使力地拉。

春：因此您才这么听爸爸的话，一点儿抱怨都没有。

母：说实在的，就算我没让他坐住衣角，还能不听他的话吗？旧式婚姻就是这样，嫁给谁，就得跟谁过一辈子。幸亏我和你爸爸是表亲，知根知底，知道他是个用功读书、有出息的好儿郎。若是不认识的，就得碰运气，认命了。

春：那时的新娘子心里好苦吧！您不是教我唱过吗？（唱）"娘啊！女儿今夜和你共被单，明天和您隔山弯，左个弯，右个弯，弯得女儿心里酸。左条岭，右条岭，条条岭透天顶。"

母：（笑）你倒是唱得真好。不过你将来文明结婚，就不用唱这样悲伤的调子了。

（她已经绣好一只拖鞋面，又拿起另一只来绣）

春：（发现已经是一双了）妈，您不是已经绣好一双了吗？

母：我再绣一双女式的。

春：是给我的？

母：小孩子穿什么拖鞋？

春：那么给您自己？

母：我小脚，不穿拖鞋。

春：那给谁呀！

母：给你爸爸那位如花似玉的新娘。

春：妈，您说什么？

母：（喃喃地）让他们穿了成双作对去。

春：妈，您真是的。

母：你不知道，那年在杭州，我给你爸爸绣一双拖鞋。他自己不穿，倒给她穿了。现在倒不如一口气绣两双，她有了，你爸爸才肯穿。

春：妈，您好傻啊！五叔婆就常常笑您傻。

母：她那样精明，五叔公几时又对她好来着？

春：您这回寄两双拖鞋面去，爸爸一定会感动得不得了，一定会马上给您写信，一定会寄一样非常非常宝贝的东西给您。

母：（浅笑一下）顶多一瓶双妹牌生发油，我又不像那位新娘那样梳光溜溜的凤凰髻、同心髻。我是乡下人，只会梳个尖尖翘翘的螺丝髻，用不着好的生发油。在杭州的时候，你爸爸就嫌我的髻难看死了。

春：妈，我来帮您梳。我也会梳凤凰髻。

母：不用梳喽，青丝都快变白发了，还梳什么凤凰髻？

春：您一点儿也不老，爸爸如果给您寄几件新式的毛衣、漂亮的裙子，您穿上就马上年轻了。

母：我一点儿也不盼望他寄什么来，只要他常常给你写信，知道他平安就放心了。

春：妈，您真的什么都不想要吗？

母：女人的心是很奇怪的，有时要的很多，有时要的很少，只要有一点就很满足了。

春：那么您有什么呢？

母：我只要有这只金手表就够了。何况我还有个乖女儿呢。

春：（伏母亲怀中，感动地）妈，我一定一定孝顺您，陪您一辈子。

母：（抬头望照片，脸上的神情不知是寂寞还是欣慰）小春，妈怎会让你陪我一辈子？妈只盼望你将来有个美满的家庭，一生一世过得幸福、快乐。不像你妈，老是守着一盏菜油灯。

春：妈，您看，灯都开花了。外公说，灯花开，就会有喜事。您不是盼望我中女状元吗？

母亲拔下头上的银针去剔灯草心，灯一下子更亮了。

（镜头移向菜油灯，再移到墙上母女相依的一对影子。）